COLLECTION FOLIO

Félicien Marceau
de l'Académie française

Les belles natures

Gallimard

Félicien Marceau a raconté sa vie dans *Les années courtes* (Folio n° 469). Romancier, il a reçu le prix Interallié en 1955 pour *Les élans du cœur* (Folio n° 340), le prix Goncourt en 1969 pour *Creezy* (Folio n° 248) et le prix Prince Pierre de Monaco, en 1974, pour l'ensemble de son œuvre ainsi que le Grand Prix de la Société des Auteurs. Essayiste, il a écrit sur Balzac, sur Casanova et sur le roman. Auteur dramatique, il a connu à la scène, tant en France qu'à l'étranger, de nombreux succès : *L'Œuf, La Bonne Soupe, La Preuve par quatre, Le Babour.* Il a été élu à l'Académie française en 1975.

Les roses de Concettina

Étant modeste, Concettina Cutolo tenait son corps en petite estime. C'est dire que, lorsqu'on le lui demandait, assez généralement elle le donnait, sans aller s'imaginer, comme tant de femmes, qu'il y eût là de quoi faire beaucoup d'histoires.

En l'occurrence et d'une certaine manière, c'était sainement jugé : Concettina n'avait rien de la Vénus de Milo. Son cou était un peu trop court et sa taille trop basse. Parlant d'elle-même, elle disait qu'elle avait le nez retroussé. On eût pu dire aussi bien qu'il tenait assez du pied de marmite. Mais enfin, à vingt-deux ans, elle avait de l'éclat. Des rondeurs. De beaux yeux. Disons que, dans son genre, elle n'était pas mal.

Son père mort, sa mère réduite à se faire marchande ambulante (en été, de pastèques ; en hiver, de tripe bouillie), Concettina, dès sa quinzième année, avait été mise en demeure de gagner sa vie. Elle avait connu différents emplois : gardeuse d'enfants (elle les emmenait dans un terrain vague où elle jouait avec plus de cœur qu'eux), bonne à tout faire, vendeuse dans des négoces variés et même une fois, gloire jamais oubliée, figurante dans un roman en photos. Ce sont là, comme on sait, autant de métiers où souvent l'on se trouve en butte à des avances. Concettina tantôt y cédait, tantôt refusait, suivant son humeur, suivant la nécessité ou suivant l'individu mais sans que cela répondît jamais à un principe bien défini. A dix-neuf ans, après une courte liaison, un certain Sandro, maçon de son état, l'avait épousée, on se demande pourquoi car, six mois plus tard, sous couleur d'un engagement à Viterbe, il avait disparu sans jamais donner de ses nouvelles. Concettina n'en avait éprouvé qu'un chagrin modéré.

Là-dessus, la guerre était entrée, en Italie, dans sa phase la plus bousculée. Les bombardements, les nuits passées dans les abris, la misère. Son magasin ayant été touché par une bombe, le dernier employeur de Concettina, un chapelier, avait fermé boutique. Concettina, pendant quelques mois, n'avait pas souvent mangé à sa faim. Lorsque les Américains occupèrent Naples, Concettina, comme beaucoup d'autres, alla chercher près d'eux de quoi se nourrir. Sur les places étroites, entre les nobles façades dégradées et les églises chargées d'anges à trompettes, des *boogie-woogies* s'organisaient. Les soldats américains distribuaient les boîtes de conserves et les paquets de cigarettes qui étaient devenus les étalons-or du nouvel état de choses. Parfois un de ces soldats insistait. Concettina alors le ramenait chez elle, dans la vaste pièce sombre, au ras de la rue, qu'elle occupait avec sa mère. Le soldat déposait sur la table les boîtes de conserves. La mère de Concettina soupirait, sortait, allait traîner dans la rue ou chez une voisine. Lorsqu'elle revenait, on se mettait à table. Avec le soldat, généralement, qui ne disait rien ou qui montrait des photographies de sa mère, de ses enfants. Que celui qui n'a jamais eu faim juge. Moi, il m'est arrivé d'avoir faim.

Puis, un jour, passant via Caracciolo, la belle avenue qui longe la mer, Concettina avait avisé un marin américain assis sur le parapet. Concettina jusqu'alors n'avait connu que des soldats. Ce marin lui plut. Sous son calot blanc, il avait un visage triste, l'air d'un enfant abandonné. En passant, Concettina lui sourit. Il eut une expression étonnée. Concettina ralentit le pas. Ses deux pieds ballant, ses deux mains sur le parapet, de grosses pattes attendrissantes, les épaules remontées, le marin la suivait du regard. Concettina avait sa robe de cotonnade, noire à fleurs jaunes. Et les cheveux dans la figure, à cause du grand vent qui venait de la mer. Cela lui donnait un air sauvage, qui lui allait. De l'autre côté du parapet, une barque, à petits coups de rames, abordait. Concettina, d'un mouvement presque parallèle, se rapprocha du parapet, s'accouda. Se déplaçant sur les fesses, le marin la rejoignit.

— Promener ? dit-il.

— Oui, dit Concettina.

Mais elle le dit d'une manière très réservée, comme distraite, sans cesser de regarder la mer qui, ce jour-là, était assez agitée. Des moutons blancs couraient à la surface de l'eau. Les barques, elles, faisaient plutôt penser à des chèvres, des chèvres furieuses d'être attachées et qui donnaient des coups de tête dans la mer. A deux cents mètres, un porte-avions, comme une cour d'usine.

— Promener *with me ?* dit le marin.

Concettina enfin leva les yeux. Le marin était penché vers elle. Lui aussi, il avait le nez retroussé mais mal retroussé, comme si on l'avait retroussé d'un revers de la main, de larges narines rondes. Et des taches de rousseur.

— *With me ?* dit encore le marin.

Pour qu'il n'y eût pas d'équivoque, il se désignait du doigt. Concettina eut ce haussement d'épaules qui, dans son langage, signifiait l'acquiescement. Le marin sauta du parapet. Déception : il était vraiment petit. Mais on connaît l'adage : à conserves données, on ne regarde pas la bride. Concettina se retourna, s'adossa au parapet. Ainsi, dans le soleil, la mer derrière eux, lui timide, elle souriante, ils avaient l'air exactement de ce qu'ils étaient : une femme, un marin. Devant eux, la large avenue, les grands hôtels dont deux à moitié détruits par les bombes. Passaient des voitures à chevaux, tap tap tap, et des jeeps et des cireurs de bottes, de douze ans, avec des vestes trop longues et qui frappaient avec leurs brosses sur leurs boîtes. Et le ciel très bleu. Et le vent, en brusques rafales, comme de grandes voiles.

Ils se promenèrent. En passant devant une pâtisserie, le marin voulut y entrer. C'était une des pâtisseries les plus élégantes de Naples. Seule, Concettina n'aurait jamais osé y pénétrer. Mais, pour les Américains, comme on sait, rien n'est sacré. Le marin avait pris la main de Concettina et la caressait doucement, d'un air inquiet, en lui confiant qu'il s'appelait Johnny. La fourchette piquée dans un gâteau vert et rose, Concettina se sentait envahie par un sentiment étrange : une sorte de respect pour elle-même. Elle fut soulagée lorsque le marin, au lieu de l'accompagner chez elle, lui proposa un rendez-vous pour le lendemain.

Le lendemain, comme Concettina arrivait via Caracciolo, elle le vit de loin, déjà arrivé, qui attendait, assis, comme la veille, sur le parapet. A sa gauche, il avait posé un sac de toile bise. A sa droite, un bouquet de roses. Le sac était attendu : il contenait certainement des boîtes de conserves. Mais les roses ? Arrêtée de l'autre côté de l'avenue, le marin à trente mètres d'elle, sur le fond bleu pâle du ciel, bleu sombre de la mer, séparée de lui par les jeeps d'où des soldats lui lançaient des exclamations flatteuses, Concettina, intimidée, hésitait. Des roses ? Jamais personne ne lui avait offert des roses. Elle avait été vendeuse chez un fleuriste pourtant. Les hommes qui y venaient lui avaient bien parfois proposé des rendez-vous. Aucun, de la gerbe déjà commandée, n'avait jamais songé à distraire une rose. Alors pourquoi ? Pourquoi ces roses ? Un moment, Concettina pensa s'éclipser. Ces roses lui faisaient peur. Ces roses lui semblaient perfides. Que lui voulait-il donc, cet Américain ? Il avait l'air bien innocent cependant, là, sur son bout de mur. Il ne songeait pas à regarder de l'autre côté de l'avenue. C'était vers la gauche qu'il guettait, déjà anxieux, le visage si nu sous le calot blanc. Concettina en prit son parti, traversa. Si c'était une farce, elle le verrait bien. Mais le cœur lui battait.

Ce n'était pas une farce. Ou alors pas pour tout de suite. Le marin lui tendit les roses puis, comme en s'excusant (mais de quoi ? *Dio mio !*), le sac.

— Pour manger, dit-il avec quelques gestes à l'appui.

Depuis la veille, il s'était enhardi. Il prenait le menton de Concettina, lui relevait la tête, scrutait son visage avec une expression de médecin.

— Vous mal manger. Maintenant manger tout ça.

Concettina, cette fois, l'emmena chez elle. Sa mère, pensivement ou, du moins, l'air pensif, éventait un réchaud de braise. En voyant l'Américain, elle voulut s'en aller. Mais pas du tout. Le marin la retenait.

— Moi pas déranger, dit-il. Moi invité.

Comme pour réparer un impair et avec un regard d'excuse à l'intention de Concettina, il reprit les roses et les offrit à Mme Cutolo. Celle-ci en resta perplexe.

— Mets-les dans un vase, dit Concettina. Cela lui fera plaisir.

La stupeur arracha à Mme Cutolo quelques marmonnements de signification imprécise. En fourgonnant dans le fond de la pièce, elle finit par trouver un vase, y planta les fleurs d'un coup sec et vint disposer le tout sur la table, non pas au milieu mais devant l'Américain.

— *Good !* dit celui-ci.

Il eut quelques gestes légers pour arranger mieux les fleurs. Hébétée, Mme Cutolo était restée debout. L'Américain la fit asseoir. Renonçant à comprendre, Concettina trouva plus simple de faire ce dont elle avait envie : elle prit des assiettes, les disposa sur la table. Très zélé, Johnny ouvrait les boîtes et en montrait fièrement le contenu. Ils mangèrent. Des mimiques appropriées furent échangées, entre Concettina et le marin pour signifier respectivement qu'elle trouvait les conserves succulentes et qu'il en était ravi, entre le marin et Mme Cutolo pour l'inciter à manger davantage et pour faire entendre que non merci elle était comblée. De temps en temps, d'un air songeur, Mme Cutolo regardait les roses. Elle avait un large visage gras, assez majestueux.

Le repas terminé, l'Américain eut un rire carré

puis, soudain rougissant, il se leva et entama un baragouin infini dans lequel, n'en croyant pas leurs oreilles, Concettina et sa mère finirent par déceler qu'il demandait à Mme Cutolo la permission d'emmener sa fille au cinéma. La permission ? Concettina haussait les épaules. Mme Cutolo avait un regard éperdu pour les roses. Le cinéma ? A tout hasard, Mme Cutolo dit oui. Le marin eut un rire charmé et, se penchant, il embrassa Mme Cutolo laquelle, complètement égarée, eut alors un geste qui lui revint du fond de son enfance : sur le front du marin, de son pouce épais, elle traça une petite croix.

Le lendemain, ce fut pareil. Et le surlendemain. Et pendant huit jours. Johnny maintenant venait directement chez Concettina, toujours chargé de boîtes de conserves, de paquets de cigarettes et d'autres menues babioles pas toujours d'une utilité très immédiate pour des femmes mais dont Concettina se servait comme monnaie d'échange pour ses emplettes. Un jour sur deux aussi, il apportait des fleurs, toujours deux bouquets, l'un pour Concettina, l'autre pour Mme Cutolo. Le dîner terminé, il se levait et, très gourmé, il demandait la permission d'emmener Concettina. Ils allaient au cinéma. Ou bien ils se promenaient, allaient jusqu'à Santa-Lucia. Le temps était tiède et doux. Assis sur le seuil des *bassi,* des vieillards rieurs et des épouses obèses suivaient les deux amoureux d'un regard tantôt blagueur, tantôt sagace. Des galopins parfois faisaient un geste précis. Johnny ne semblait pas s'en apercevoir, sauf une fois où il calotta un des petits insolents (ce geste fut généralement blâmé). En italien, il faisait des progrès rapides. Pour le reste... Eh bien, pour le reste, rien. En prenant congé, il embrassait Concettina sur la joue, comme un cousin. C'était tout. Les coudes sur le parapet, Concettina à côté de lui, Johnny regardait la mer, l'immense baie, le soleil couchant, le gros tas lilas de Capri émergeant d'une eau sombre. Ce spectacle qui a fait rêver tant de jeunes mariés et tant de couples adultères ne lui arrachait pas un geste plus vif. Dans le restaurant en contrebas, un chanteur, la tête renversée, le corps dodelinant, comme ivre de ses roulades, lançait vers le ciel ses délires charmés. Johnny restait impassible. Gentil, prévenant, affectueux. Mais impassible.

Le neuvième jour, Concettina émergea enfin de la stupeur — d'ailleurs heureuse — où la faisait vivre l'Américain. L'heure de la visite rituelle approchant, elle renvoya sa mère, mit son nouveau chemisier (qui lui avait coûté six paquets de Lucky Strike), s'inonda de parfum (huit paquets) et attendit. Johnny arriva, s'inquiéta de l'absence de Mme Cutolo, en montra du regret. C'était un de ses jours à fleurs. Il avait ses deux bouquets, des roses précisément. Avec des soins de ménagère, il prit les bouquets de l'avant-veille, alla les jeter dans la rue (on n'est pas mesquin, à Naples. Tu as quelque chose qui te gêne ? Tu le jettes dans la rue) et revint disposer les nouveaux.

— Embrasse-moi, dit Concettina à bout de patience.

Johnny l'embrassa. Sur la joue. Mais Concettina tourna la tête. Leurs lèvres se joignirent. Victoire ! Johnny ne reculait pas. Il y eut un long baiser, sérieux, appliqué. Sur quoi, le visage perplexe, Johnny s'exclama :

— Mais, tu m'aimes ?

— Imbécile, dit Concettina.

Enfin, elle reconnaissait le langage habituel, la situation familière. Ayant retrouvé toute son aisance, elle alla s'étendre sur le lit, le grand lit à boules de cuivre où, la nuit, elle dormait avec sa mère. D'un tapotement sur la couverture, elle invita Johnny à la rejoindre. Il s'assit sur le lit. Concettina commença à déboutonner son chemisier. Mal cousu (c'est toujours comme ça dans les magasins), un bouton se détacha. Concettina se détourna pour le déposer sur la table de nuit. C'est alors que, près de son épaule, elle vit le visage de Johnny. Un visage effrayé, inquiet.

— Non, non, dit-il. Il faut d'abord nous marier.

— Bien sûr, dit Concettina en s'attaquant à la fermeture éclair de sa jupe.

Mais Johnny, lui aussi, posait la main sur la fermeture éclair. Concettina lui donna une tape, gentiment.

— Ne sois pas si impatient.

— Non, dit-il. D'abord nous marier.

Saisie, Concettina se releva à moitié, les mains croisées sur la poitrine. La pudeur lui revenait.

— Tu veux m'épouser ?

Elle le regardait avec stupeur.

— Oui.

Il sortait son portefeuille.

— J'ai déjà tous les papiers.

Concettina, hâtivement, reboutonnait son chemisier, tirait sur sa jupe.

— Tu ne veux pas ? demanda Johnny avec une expression inquiète.

Elle ne voulait pas ? Pour une fille de Naples, pauvre, perdue dans le brouhaha de cette fin de guerre, épouser un Américain, c'était le Pérou, c'était l'Académie française, c'était la Présidence du conseil. Concettina eut un moment d'éblouissement. Puis, prise de tendresse devant ce visage offert, devant ces deux bouquets de roses sur la table, elle éprouva un grand besoin d'honnêteté.

— Ce n'est pas nécessaire, tu sais.

Johnny fronça les sourcils. Il avait l'air franchement scandalisé.

— Nécessaire, dit-il. Avec tous les papiers.

Concettina voulut encore laisser au rêve merveilleux un court répit. Elle prit la main de Johnny, la caressa. Et, après un silence, d'une petite voix :

— Je suis déjà mariée...

Johnny se releva, agrippa la barre de cuivre du lit.

— Tu es mariée ?

— Oui.

Johnny, d'abord, eut l'air de ne pas très bien

comprendre. Puis il sourit, hocha la tête et, se déplaçant sur les pointes, avec des mollesses, des mouvements de hanches, comme s'il dansait, il fit le tour de la chambre. Au passage, d'une main négligente, il entrouvrait l'armoire, le garde-manger, soulevait la nappe. A chaque opération, il se retournait vers Concettina et écartait les deux mains comme pour dire qu'il ne trouvait rien. Enfin, il exprima sa pensée.

— Tu vois ? Pas de mari.

— Il est parti.

Une main sur la hanche, l'autre sur la nuque et soulevant son calot, Johnny examina la proposition.

— Prisonnier ?

— Non. Il est parti. Il m'a abandonnée.

— Alors, tu divorces.

— Ce n'est pas possible, ici, le divorce.

Johnny eut un beau sourire incrédule. A d'autres ! Et Concettina eut un moment de doute, d'espoir. On lui avait bien dit que le divorce était interdit en Italie. Mais avec cette guerre ? Ces bouleversements ? Et lorsqu'on divorce pour un Américain ?

— Oui, dit-elle.

— Tu veux bien m'épouser ?

— Oui.

— *Good !* dit Johnny avec décision. *Very good.* Demain, je dois partir. Mon bateau va à Casablanca, pour un mois. Pendant ce temps, tu t'occuperas du divorce et quand je reviendrai, nous nous marierons.

Il vint vers elle, la prit par les épaules et, gravement, l'embrassa sur la bouche. Concettina se laissa aller sur le lit. Mais déjà Johnny s'écartait. De la main, il fit un geste rassurant et, non sans avoir rajusté son calot devant le miroir, il sortit. Quelques minutes plus tard, il revenait, ramenant trois fiasques de vin et Mme Cutolo qu'il avait trouvée dans la rue, traînant comme une âme en peine. Ce fut une soirée de fiançailles très calme mais cordiale. Ils étaient heureux, tous les trois. Au moment de partir, Johnny embrassa encore Concettina sur la bouche (il en était déjà à le faire assez conjugalement, avec beaucoup de calme) et il s'en fut, laissant vingt dollars pour les frais du divorce et les deux femmes dans un abîme de perplexités.

La première à en émerger fut Mme Cutolo.

— Il faut consulter don Gennaro, dit-elle.

Elles s'en occupèrent dès le lendemain. Ce Gennaro était un grand vieillard, sans beaucoup de dents mais encore alerte. Vers 1925 et pendant quelques mois, il avait été garçon de courses chez un célèbre avocat local. Le soleil aidant, ce glorieux passé avait fait de lui la sommité juridique du quartier. C'est très sérieusement qu'on l'appelait « l'avocat » et qu'on le consultait sur les cas épineux. Don Gennaro tenait ordinairement ses assises dans un bar modeste de la ruelle du

Sergent-Major où sa présence créait un certain mouvement d'affaires. L'exposé de Concettina l'intéressa. Il commença par bredouiller quelques termes hautement juridiques (ab intestat, de cujus, non-consommation du mariage) mais pour arriver bientôt à la conclusion que malheureusement, d'après ses renseignements, le divorce en Italie était toujours impossible. Il faudrait passer par les instances religieuses. Ce serait long, difficile.

— Il veut que je sois divorcée dans un mois, dit Concettina près des larmes.

A tout hasard, et comme si cela devait arranger les choses, elle tendit en offrande un paquet de Chesterfield. Don Gennaro prit le paquet et, très homme du monde, offrit aussitôt une cigarette à Mme Cutolo, une autre à Concettina, en alluma une pour son compte et se la promena voluptueusement sous son grand nez de chien de chasse. Puis, s'accoudant sur la petite table ronde, ses sourcils broussailleux froncés, il empoigna le problème à bras-le-corps.

— Il veut vraiment t'épouser, cet Américain ?

— Oui, dit Concettina.

— Pourquoi ?

D'un mouvement qui lui souleva tout ensemble le menton, la poitrine et les mains, Concettina exprima qu'elle n'en savait rien. Une idée. Don Gennaro en prit son parti. Un client est un client. Il veut la lune ? Fais semblant de chercher la lune.

— Je vais toujours commencer les démarches...

La phrase n'ayant suscité aucune réaction, don Gennaro poussa sa pointe.

— Il me faudrait une petite avance.

— Pas d'avance, dit Mme Cutolo.

Mme Cutolo n'avait que deux ou trois idées mais elle y tenait. Une de ces idées était qu'il ne faut jamais payer d'avance. Don Gennaro fit aussitôt un rétablissement et prit le problème par l'autre bout.

— Et ton mari ? Il y a longtemps qu'il a disparu ?

— Depuis trois ans.

— Donc, il ne reviendra plus.

Mme Cutolo émit un ricanement blasé. Un mari qui revient ! (deuxième idée).

— Eh bien, dit Gennaro, dans ces conditions, tu n'as qu'à lui dire que tu l'as obtenu, ton divorce, que c'est arrangé. Cet Américain est un brave garçon. Il ne faut pas le décevoir.

On a bon cœur, à Naples.

— Cela ne suffira pas pour qu'on nous marie, dit Concettina.

Toujours accoudé, l'œil droit cligné à cause de sa cigarette, un vrai démon, don Gennaro se désigna d'un pouce trapu.

— C'est là que j'interviens.

Il prit son temps.

— Je vous marierai, moi.

Mme Cutolo fit une rapide incursion dans son expérience de la vie.

— Un avocat ne peut pas marier, dit-elle.

— Bête ! Tu lui diras que je suis le maire.

Cette idée devait lui plaire, à don Gennaro. Il se redressa sur sa chaise, ses grands traits déjà empreints d'une certaine majesté. Mais Mme Cutolo, d'un regard bovin, l'examinait : veston troué, chemise sans col...

— Il ne le croira pas, dit-elle enfin.

— En temps de guerre..., dit don Gennaro.

— Et comment faire la cérémonie au Municipio ?

Concettina prit son sac, son miroir, se mit du rouge sur les lèvres. Tout cela était trop bête. Elle abandonnait. Mais don Gennaro, lui, n'abandonnait pas du tout.

— Tu lui diras qu'en Italie, quand on se remarie après un divorce, le maire vient à domicile. A cause du scandale. C'est bien naturel. Et après, qu'est-ce que tu risques ?

Rapidement, sous la table, il fit les cornes.

— Il t'emmènera en Amérique. En Amérique, les papiers, pfff...

On eût juré qu'il avait passé les trois quarts de sa vie à l'ombre de l'Empire State Building. Son petit miroir devant elle, un doigt sur la commissure des lèvres, Concettina le regardait d'un air pensif.

— Hein ? dit don Gennaro.

— Il faudra vous habiller un peu mieux, dit Mme Cutolo sans préciser si c'était pour la vraisemblance ou pour l'éclat de la cérémonie.

— Bah, dit le vieux. Si vous me donnez... quatre dollars...

L'expression revêche de Mme Cutolo lui fit aussitôt reviser ses tarifs.

— Deux dollars ?... Deux, reprit-il avec assurance devant le silence des deux femmes. Pour deux dollars, je m'habille comme un seigneur.

Il se renversa sur sa chaise, pêcha derrière lui une vieille serviette.

— Regardez ça. J'aurai cette serviette.

Du dos de la main, il frappait dessus, très engageant.

— Hein ? Cette belle serviette...

Trente-deux jours plus tard, précédé d'un télégramme et d'un mandat pour les frais de la noce, Johnny arrivait, en taxi cette fois, tant il était chargé. Boîtes de conserves, cartouches de cigarettes, deux coussins marocains, des babouches, un tapis. Il était aux anges, fredonnait, déployait son tapis, enlevait son calot, le remettait. C'était surtout la rapidité de ce divorce qui l'enchantait. Il pouvait bien l'avouer maintenant : il avait craint que cela ne prît plus de temps. Décidément, l'Italie était une *very good country.* Que le maire vînt à domicile, cela lui paraissait une concession toute naturelle — et même assez gentille — aux préjugés locaux. Johnny avait assez bourlingué pour savoir qu'à l'étranger on voit parfois de curieuses coutumes. En revanche, sur la question des papiers, il se montra tatillon. Ce jugement de divorce était-il bien en règle ? Il y a tant d'avocats fripons. Il voulait le voir, ce jugement. Concettina eut assez de sang-froid pour lui rétorquer qu'elle avait dû déposer le document au Municipe et, dès le lendemain, elle courut confier cet ennui à don Gennaro. Celui-ci ne fit qu'en rire et, moyennant une cartouche de cigarettes, il se chargea de fabriquer sur-le-champ un assez joli jugement de divorce. Dans le feu de l'inspiration, il y inséra même quelques attendus extrêmement flatteurs pour Concettina, allant jusqu'à la qualifier de « véritable martyre de la fidélité conjugale ».

La cérémonie eut lieu deux jours plus tard, chez Concettina. Quelques rangements avaient donné à la pièce un aspect assez solennel. Avec sa serviette, sa redingote louée Dieu sait où, une bande de vieux drapeaux nouée autour du ventre, don Gennaro était très décent. IL commença par examiner d'un œil sévère les papiers de Johnny et formula quelques observations sur une tache d'encre qui maculait l'un d'entre eux. Ce document, exprima-t-il, ne lui paraissait pas valable. Johnny put à grand-peine le rassurer et, tout chaud de cette alerte, il n'osa jeter qu'un coup d'œil très rapide sur le jugement de divorce. Don Gennaro le fit encore signer dans un vague registre, lui adressa une homélie sur les graves responsabilités — surtout financières — de l'époux et conclut en réclamant dix dollars pour son déplacement, improvisation à laquelle Concettina n'osa pas s'opposer. Johnny, d'ailleurs, trouvait la somme raisonnable. Et il faut ajouter que, sur ces dix dollars, don

Gennaro préleva immédiatement de quoi faire acheter deux fiasques de vin. Car il s'invitait au déjeuner, cela allait sans dire. « *Old napolitan usanza* », confia-t-il à Johnny qui, de plus en plus, trouvait que l'Italie avait du bon. Mme Cutolo, elle, versait quelques larmes tant il est vrai que, même faux, un mariage émeut toujours les mères sensibles. Ces larmes se firent torrent lorsque, dans le courant de l'après-midi, elle prit congé pour gagner la chambre meublée que, par délicatesse envers les jeunes mariés, elle avait louée dans les environs.

Il se passa ainsi une dizaine de mois. Concettina était parfaitement heureuse. Et Johnny aussi, à en juger par sa mine réjouie et par son calot de plus en plus conquérant. De temps en temps, il partait, avec son bateau. A chaque escale, il envoyait une carte postale et un mandat. Grâce à ces mandats, Concettina, progressivement, aménageait son intérieur. Le grand lit avait fait place à un divan. Il y avait la radio, un réfrigérateur, une nouvelle armoire. Puis, comme elle avait bon cœur, elle invitait les voisines à venir admirer ses emplettes. Ailleurs, cette prospérité eût provoqué des jalousies. A Naples, on n'est pas jaloux. Faut-il préciser que Concettina était fidèle à son Johnny ? Pour la première fois de sa vie, elle aimait.

Johnny, on l'a vu, était d'un naturel confiant. Parlant souvent de son bonheur, il fut un jour interpellé par un de ses camarades lequel lui confia qu'étant épris d'une Napolitaine, il l'aurait volontiers épousée (non tant par amour que pour ses vertus ménagères) mais que, cette femme étant déjà mariée, il avait dû y renoncer. C'était en vain, raconta-t-il, qu'ils s'étaient adressés à des guichets variés, tant italiens qu'américains. Partout la réponse avait été formelle : pas de divorce.

— Bah, dit Johnny avec le zèle de qui a trouvé une faille dans les lois. Il y a toujours moyen. Nous allons demander à ma femme.

Et un après-midi, Concettina vit entrer son Johnny qui, avec d'amicales bourrades, poussait devant lui un marin taillé en armoire et une Napolitaine plus toute jeune mais au visage obligeant. Le cas fut immédiatement exposé dans toute son ampleur.

— Explique comment tu as fait, dit Johnny.

Concettina se sentit une morsure au cœur. Son mariage, bon. Mais un second ? Tout n'allait-il pas se découvrir ? Et d'autre part, chose curieuse, cette supercherie qui, dans son cas, lui avait paru si légitime, voici que, devant cette autre femme et cet autre marin, elle lui paraissait coupable, odieuse, criminelle.

— Ce n'est pas facile, articula-t-elle enfin.

— Tu l'as obtenu en un mois.

— J'avais un avocat.

— Eh bien, donnez-nous son adresse, dit la femme.

— Mon mari était parti depuis longtemps, dit encore Concettina. Et le vôtre ?

Elle essayait de trouver quelque différence entre le destin de cette femme et le sien. Hélas...

— Le mien m'a quittée depuis avant la guerre, dit la femme. Il est allé travailler en Suisse. Il n'a plus jamais donné de nouvelles.

— Écoutez, dit Concettina à bout d'invention. Ce sont des affaires très délicates. Je n'ose pas vous donner l'adresse de mon avocat avant de lui avoir parlé. J'irai le voir.

Pendant deux jours, Concettina essaya de faire oublier la chose. C'était compter sans l'obligeance de Johnny.

— Quand vas-tu chez ton avocat ? Il ne faut pas laisser ces braves gens dans l'embarras.

Concettina finit par aller voir don Gennaro. Il l'accueillit avec bonheur.

— Parfait ! Envoie-les-moi. Je m'en charge. Non, envoie-moi la femme toute seule.

— Don Gennaro, soyez prudent...

Don Gennaro eut un geste superbe.

Comment fit-il ? Mit-il la femme dans son jeu ou, ayant perfectionné sa technique, réussit-il à l'abuser, elle aussi ? Je ne sais. Toujours est-il qu'un mois plus tard, le marin-armoire et la femme obligeante étaient mariés. En l'apprenant, Concettina eut un soupir de soulagement. Et, en voyant quelles inquiétudes lui avait données cette menace sur son bonheur, elle mesura combien son Johnny lui était devenu cher.

Quelques mois plus tard, comme Concettina

passait dans la Galleria, elle fut interpellée par don Gennaro. Mais un don Gennaro qu'elle eut de la peine à reconnaître tant son allure et son vêtement respiraient la prospérité. Un cigare, un chapeau de paille, un veston bois-de-rose et une énorme chaîne de montre à laquelle étaient suspendus, dans l'ordre, une corne rouge, longue comme le petit doigt, une chouette, une statuette représentant un bossu, un sexe masculin (minuscule, il va sans dire, en ivoire), une médaille de Notre-Dame de Pompéi, une autre de la Madone del Carmine, une autre encore de saint Janvier.

— J'ai mon bureau ici maintenant, dit don Gennaro en désignant un entresol au-dessus d'un café. Tu sais, cela fait le sixième.

— Le sixième quoi ? don Gennaro.

— Le sixième mariage, tiens. Tu m'as porté bonheur.

Concettina le regarda, effrayée. Don Gennaro eut l'air gêné. D'un geste rapide, il effleura ses breloques, mit la main dans la poche de son pantalon, pratiques rituelles pour conjurer le mauvais sort. En vain, hélas. Ce qui devait arriver arriva. Un des Américains, un jour, dans l'innocence de son âme, demanda un passeport pour sa femme. Trois jours plus tard, en rentrant, Concettina trouva Johnny qui rassemblait ses affaires. Il la regarda. Il était calme.

— Alors, c'était une escroquerie, dit-il.

Il y avait dans sa voix quelque chose encore qui

ressemblait à une interrogation, comme s'il n'eût demandé qu'à être détrompé. Mais Concettina ne bougeait pas. Elle avait parfois imaginé la scène. Elle s'était dit qu'après tant de nuits et un si constant bonheur, en se jetant dans les bras de Johnny, elle saurait le convaincre de son amour, de sa bonne intention. Le moment venu, elle restait là, sur le seuil de la porte, n'osant pas avancer.

— Oui ? dit encore Johnny.

— C'est parce que je t'aimais, dit-elle.

Il haussa les épaules, prit son sac, sa valise, se dirigea vers la porte.

— Si nous nous aimons, dit Concettina timidement, qu'est-ce que cela fait que nous ne soyons pas mariés ?

De la main, sans violence, il l'écarta. Et il est parti. Dans la rue, les femmes le regardaient, silencieuses. Il n'a salué personne. Lui, toujours si poli. Puis est arrivée la police.

On croit que cela aide à vivre, la morale. Oui, souvent. Pas toujours.

Filumena

Je parlerai de toi, Filumena. Ce soir, je ne pourrais parler que de toi. Je sais ce qu'ils vont dire : que tu as eu tort ; que tu aurais mieux fait de l'envoyer au diable, ton duc ; qu'il y aurait eu des solutions plus simples et plus justes. Ils ont raison, Filumena, mille fois raison. Ton histoire n'est pas d'un bon exemple. Les histoires d'amour sont rarement exemplaires.

Au début du mois dernier, ayant à séjourner à Naples, j'y avais loué un appartement. Un appartement comme, je crois, on n'en peut plus trouver que là, délabré mais noble, des colonnes dans le salon et meublé comme pour un géant, dans un style Empire mâtiné de baroque. Au propriétaire, un petit homme chauve et hagard, je demandai s'il ne pouvait pas m'indiquer une femme de ménage. Il me recommanda Filumena. Va pour Filumena ! Elle se présenta l'après-midi même. En la voyant, j'éprouvai d'abords quelques inquiétudes. C'est qu'elle était vraiment vieille. Soixante-quinze ans peut-être. Et frêle, petite, un maigre chignon. Divers détails pourtant venaient corriger cette première impression : le regard qui était droit, assuré ; la robe noire strictement boutonnée jusqu'au cou. Quelques coquetteries aussi, un collet blanc, amidonné et des boucles d'oreilles assez remarquables, faites chacune d'une améthyste entourée d'une poussière de diamants. Une cicatrice enfin, sur la joue, achevait de donner à Filumena un certain caractère.

Nous convînmes aussitôt des modalités de notre coexistence. Comptant prendre mes repas au restaurant, je ne demandais à Filumena que de ranger l'appartement. Elle en prit note avec un mouvement de menton qui acheva de me rassurer sur son énergie. J'aurais voulu aussi que, le matin, elle vînt assez tôt pour me préparer mon petit déjeuner. Là, je me heurtai à un refus, aussi net que le précédent acquiescement.

— Non, me dit-elle. C'est impossible. A cette heure-là, j'ai à faire. Je ne pourrai venir qu'à onze heures. Mais, dans la rue, il y a un bar. Vous y trouverez du café excellent.

Sur cette question de petit déjeuner, je n'avais pas les idées bien arrêtées. Je n'insistai donc pas. D'ailleurs, je ne devais pas tarder à m'en apercevoir, arrêtées ou en marche, mes idées, pour Filumena, ne comptaient pas beaucoup. Aux femmes de ménage, en général, je ne demande fermement qu'une chose : de se taire. Filumena n'arrêtait pas de parler. J'ai dit : de parler. Je n'ai pas dit : de me parler. Filumena parlait très bien toute seule et, en rentrant, je l'entendais depuis le palier. Lorsque j'étais dans ses parages, elle se contentait d'ajouter quelques incidentes à mon intention.

— Vous ne trouvez pas ?... Monsieur n'est pas de mon avis ?

Je répondais par un grognement dénué de signification. Elle parlant, moi grognant, nous poursuivions chacun notre idée. Il faut croire pourtant que mes grognements lui tenaient plus chaud au cœur que je ne le pensais. Un jour que j'avais refermé la porte de mon bureau, Filumena la rouvrit.

— J'ai peur, dit-elle. Toute seule, dans cette grande maison, à mon âge...

Peur ? Elle ? Lorsque je sortais, je la laissais seule pourtant. Elle ne s'en était jamais plainte. Et je la voyais mal ayant peur de quelque chose ou de quelqu'un. Un jour, au plus creux de ma sieste, des vociférations m'avaient fait sursauter. C'était Filumena qui, du balcon, insultait deux déménageurs dont le va-et-vient, à l'en croire, allait me réveiller (ses vociférations avaient suffi). Cette peur n'était sans doute qu'un prétexte décent pour me rappeler aux convenances : une vieille femme qui parle, on l'écoute. Je me le tins pour dit. Cette vieille petite femme commençait à m'inspirer un sentiment où il entrait à la fois de la tendresse et du respect. Ma porte désormais ouverte, j'entendais de loin les discours de Filumena et son modeste remue-ménage, je la voyais, dans l'enfilade de mes nobles pièces, passant entre les fauteuils à écussons, les tables pour ogres supportées par des anges polychromes et les torchères brandies par des nègres en burnous rayés. Suivant la pièce où elle se trouvait, ce marmonnement allait et venait, comme une marée, tantôt discours distinct, tantôt rumeur sur la grève. Je finissais par écouter. On sait ce que c'est, un écrivain. Tout lui est prétexte pour s'arrêter de travailler. La bonne excuse est toujours là : cela pourra peut-être servir dans un roman...

Par bribes et morceaux, à cause du va-et-vient (et il faut dire aussi que, si j'entends bien l'italien, le napolitain m'est moins familier), je finis par déceler que les discours de Filumena avaient trait généralement à un certain duc. Peu à peu, j'en voyais devant moi se préciser l'image. M. le duc ne craignait rien tant que les courants d'air, M. le duc avait une prévention contre les cols souples, M. le duc avait eu des duels et, avec les femmes, oh oh oh ! Pendant un temps, je ne sais pourquoi, j'ai cru qu'il s'agissait d'un très ancien employeur, mort depuis longtemps. Les domestiques ont souvent ainsi, dans leurs souvenirs, un vieux personnage dont ils traînent la nostalgie. J'ai eu une femme de ménage qui avait servi chez l'ambassadeur d'Angleterre et que j'ai dû renvoyer tant elle mettait d'agressif dédain à comparer mon living-room et mes six cravates avec les trois salons de l'ambassade et la riche garde-robe de son titulaire. Un jour, je finis par m'enquérir.

— Il est mort depuis longtemps, votre duc ?

Filumena me regarda d'un air effrayé. Rapidement, elle fit un signe de croix.

— Il n'est pas mort du tout. Pourquoi dites-vous des choses pareilles ? C'est mon maître.

— Vous êtes encore chez lui ?

— Je ne le quitterai jamais, me répondit-elle avec une sorte de ferveur.

Nous étions dans le grand salon absurde. Deux ou trois fois déjà, j'avais dit à Filumena que cela ne valait pas la peine de le ranger, que je ne comptais pas recevoir de visites. Elle le rangeait quand même. Par les trois portes-fenêtres du balcon, entraient pêle-mêle le soleil, la rumeur de la rue, une odeur de friture et le crissement de la meule du rémouleur installé au rez-de-chaussée.

— Mais, Filumena, alors vous habitez chez lui ?

— Oui, dit-elle. Bien sûr.

— Et cela ne vous donne pas un travail suffisant ?

Elle leva les yeux au ciel.

— Oh oui ! Surtout qu'il est si désordonné. Il laisse tout traîner...

— Pourquoi alors travaillez-vous chez moi ?

Elle se posa le long de son balai, qui était aussi haut qu'elle.

— Besoin d'argent, dit-elle courtement.

— Vous avez besoin d'argent ?

Allais-je apprendre qu'avec son air décent et sa robe noire si strictement boutonnée, Filumena élevait quelque part un enfant issu de coupables amours ? Mais, à l'âge de Filumena, ses enfants, si elle en avait, devaient être de taille à se débrouiller.

— Oh non ! dit-elle. A mon âge... C'est lui qui en a besoin.

— Qui, lui ?

— Son Excellence.

— Le duc ?

On m'excusera. Esprit cartésien, je ne comprends que lentement.

— C'est lui qui a besoin d'argent ? Votre patron ? Et vous restez chez lui ?

— Évidemment, dit-elle. Il y a presque cinquante ans que j'y suis.

— Et il sait que vous travaillez chez moi ?

Elle eut pour me répondre une phrase qui me parut singulièrement vague.

— Il ne fait pas attention, dit-elle. *Poveretto !* Il n'a jamais su compter.

Elle s'était remise à balayer. Elle me tournait le dos, son petit dos étroit. Le marmonnement avait repris : M. le duc n'allait pas bien, il avait besoin de remèdes, et tout coûte si cher, à quoi bon lui en parler ? les ducs ne comprennent rien à ces choses-là. J'avais le cœur serré. On vit, on parle, on plaisante. A côté de vous, il y a ces drames, ces misères obscures. Je pensais à ce duc, à cette vieille servante... Un peu plus tard, comme nous avions une question de blanchissage à régler, je dis gauchement :

— Il y a là deux chemises qui ne me vont pas bien. Si vous avez quelqu'un à qui les donner...

Je n'avais pas osé désigner plus clairement le duc. Le respect que lui témoignait cette vieille femme m'avait gagné. Mais Filumena était plus simple. Elle prit une des deux chemises, la leva devant elle, eut un ricanement bref.

— Monsieur le duc ne porte que des chemises bien plus belles que cela. Et il ne porte que des chemises blanches. Les chemises de couleur, il trouve ça vulgaire.

Elle palpait le tissu.

— Mais je pourrais en faire des mouchoirs. Il n'en a plus beaucoup.

— Des mouchoirs bleus ? dis-je, encore vexé par la remarque précédente.

— Pour sa promenade du matin, cela peut aller. Quand Son Excellence est en costume de cheval.

— Il fait du cheval ?

Moi qui imaginais un vieillard grelottant dans une mansarde.

— Non, dit Filumena sur un ton très naturel. Non, il ne peut plus. Il est trop âgé. Mais, le matin, pour se promener via Caracciolo, il met son costume de cheval. Cela lui va si bien. C'est inusable, un costume de cheval.

Bien qu'elle n'eût pas eu tout à fait le résultat escompté, cette affaire de chemises avait entre nous définitivement rompu la glace. Filumena et moi, nous avions maintenant de vraies conversations. Un jour, je me risquai à lui parler de sa cicatrice.

— Un jaloux, dit Filumena avec une lueur rieuse dans le regard.

J'allais d'étonnement en étonnement. Je savais bien qu'à Naples, cela se pratique encore, de marquer une femme inconstante ou volage. Mais ce n'est pas exactement un usage des milieux honnêtes.

— Filumena ! Vous étiez une femme fatale ?

— Hé, dit-elle. Les laides, on n'a pas besoin de les marquer. Vous connaissez le marchand de légumes ?

— Quel marchand de légumes ?

— Oh ! dit-elle avec agacement. Vous ne voyez rien. Écrire, toujours écrire...

Elle m'entraîna sur le balcon. En face, en effet, je n'avais jamais remarqué, il y avait un marchand de légumes dont l'éventaire débordait dans la rue. Il était là, précisément, le marchand, assis sur une chaise, entre un panier de poivrons et un cageot de tomates.

— Il a voulu m'épouser, dit Filumena.

— Vous auriez dû accepter, dis-je. Être marchande de légumes, ce n'est pas mal.

Elle eut une moue de dédain.

— Il n'était pas marchand de légumes alors.

— Que faisait-il ?

— Des choses, dit Filumena sans se compromettre. C'est par désespoir qu'il s'est mis dans le commerce. Quand je l'ai refusé.

— Il vous aimait tellement ?

— Il était fou, dit Filumena avec simplicité.

Elle pencha la tête et, dans un geste d'une coquetterie exquise, elle passa les doigts sous une de ses boucles d'oreilles.

— C'est lui qui me les a offertes, dit-elle. Elles ont de la valeur.

A trois étages de distance, le marchand de légumes nous aperçut. Il se leva, salua largement, en s'inclinant et en balançant les bras devant lui. Immobile, la tête penchée, la main le long de son cou, Filumena avait rosi. D'en bas, le marchand de légumes la regardait.

— Son Excellence le trouvait trop jeune, dit Filumena.

Trop jeune ? J'avais sous les yeux un homme qui devait bien friser les quatre-vingts ans. Filumena dut deviner ma pensée.

— Il y a si longtemps, dit-elle.

Puis, d'un air satisfait :

— Il m'aime toujours. Il ne s'est jamais marié.

En bas, le vieux avait repris sa chaise. Mais son regard était toujours levé vers nous. Il balançait la tête, l'air de dire : « Ne vous en faites pas, je suis là. » Ses tomates, ses piments, les géraniums rouges du balcon.

— C'est chez lui que je me fournis. Il ne me fait pas payer.

— Alors que c'est le duc qui s'est opposé à votre mariage ? Il n'a pas de rancune.

— Son Excellence a cru bien faire, dit Filumena.

J'ai eu un mouvement de colère. Son Excellence m'apparaissait sous un jour nouveau. J'allais dire quelque chose. Un regard sur Filumena m'arrêta. Là, sur son balcon, au milieu des géraniums, elle me semblait inaccessible à tout ce que j'aurais pu lui dire. Et à quoi cela servait-il encore de l'éclairer ? A rien évidemment, sinon à lui briser le cœur. Quelques jours plus tard, comme Filumena me parlait de je ne sais plus quoi, je m'aperçus que ses boucles d'oreilles avaient disparu.

— Et vos boucles d'oreilles ?

Filumena eut un mouvement de jeune fille pour se détourner et, le visage fermé, elle passa son chiffon sur la table d'acajou.

— Vous ne les avez pas mises aujourd'hui ?

— Je les ai portées au mont-de-piété, dit Filumena en bredouillant.

J'allai dans mon bureau. J'ouvrais et je refermais des tiroirs, violemment. J'étais furieux. Ce duc ! Les boucles d'oreilles maintenant ! Je retournai dans le salon.

— Tenez, dis-je. Il avait été convenu que je ne vous payerais vos gages qu'à la fin du mois. Je vous les paie tout de suite. Mais vous irez dégager vos boucles d'oreilles, n'est-ce pas ? J'y tiens...

Mon ton me paraissant trop grave, je terminai sur le mode badin.

— Que penserait-on de moi dans le quartier ? Une femme de ménage sans boucles d'oreilles...

Ma colère était tombée aussi. Je pensais à ce vieil homme, à Filumena qui, hier soir, n'avaient peut-être pas mangé à leur faim.

— Merci, dit Filumena. Cela me sera bien utile. La semaine prochaine, c'est son anniversaire. Il doit recevoir ses amis. Pas un dîner, non, ce serait trop cher. Mais un goûter. L'après-midi, les gens viennent pendant une heure, une demi-heure, cela ne dérange personne.

Hélas, il faut croire que, pour un pauvre, même duc, une heure c'est encore trop. Quand, la semaine suivante, Filumena m'invita à ce goûter (et malgré les prétextes divers dont elle enrubanna cette invitation : le duc aimait la lecture, un écrivain, et qui venait de Paris, cela l'intéresserait), je compris tout de suite que je ne serais là que faute de mieux et suite à une défection des ducs locaux.

Comme il fallait s'y attendre, le duc habitait un palais de noble apparence mais très près de la ruine. Dans la cour, bivouaquaient différents corps de métier. Un cheval même y prenait l'air. Ce fut Filumena qui vint m'ouvrir. Elle avait mis un joli bonnet et un tablier à volants. Comme je lui en faisais compliment, elle se posa un doigt sur les lèvres. Par une fort belle galerie, ornée de statues et de plantes vertes, elle me conduisit dans un salon trois fois plus grand que le mien. J'y trouvai deux vieillards rieurs. L'un était le duc, l'autre le prince de Gragnano. Rieurs, je dis bien. J'avais cru avoir affaire à des débris. C'étaient des débris peut-être mais apparemment en bon état et contents de leur sort. L'un plutôt petit (le duc), l'autre fort long, ils avaient le même visage, ouvert, d'un gris délavé de vieille pierre, les yeux bleus. Le duc portait même un monocle dont le reflet, de temps en temps, ajoutait encore à la vivacité de son expression. Ils me parlèrent de Paris, d'un Paris un peu particulier et sur lequel ils en savaient plus long que moi : Maxim's, le Café de Paris, les boulevards, les tabarins (en italien, le mot français tabarin désigne tout ce qui va des boîtes de nuit aux Folies-Bergère). Le prince fredonnait l'air de *La Veuve joyeuse :*

Lison, Manon, Toinon...

tandis que, jovialement, me tenant par le bras, le duc m'entraînait vers une grande table où étaient disposées des bouteilles et quelques chatteries. Là, j'eus droit à une surprise : je reconnus la belle nappe brodée qui, généralement, était chez moi. Je levai les yeux vers Filumena. Elle eut son sourire tranquille, assuré. Je souris aussi. Après tout, chez moi, cette nappe ne servait à rien. Quoi de plus naturel que Filumena me l'eût, pour un jour, empruntée ?

— Un porto ? me disait le duc. A Paris, on aime le porto.

— Je préférerais une tasse de thé.

Le duc et le prince voulurent bien s'amuser de

ce goût étrange. Nous nous remîmes à parler des femmes. Le duc et le prince avaient chacun sur ce sujet quelques anecdotes, quelques souvenirs. Selon le duc, l'Italienne était plus femme. Chez la Française, à son idée, il restait toujours quelque chose de trop raisonné. Il espérait que cette remarque ne me froissait pas. Mais non, elle ne me froissait pas. Il avait du bien à dire aussi des Espagnoles.

— Hé, dit le prince. Tu te souviens, Inès, à Séville...

L'évocation de cette Inès leur fit échanger des bourrades. C'était une chanteuse, si j'ai bien compris. Sur quoi, le prince donna son opinion sur les Anglaises : neuf sur dix ne valent rien mais la dixième, c'est le paradis. Que pensais-je des Anglaises ? Je dus confesser que je n'en pensais rien. Je n'ai aimé qu'une Anglaise dans ma vie. Elle avait seize ans, j'en avais quinze.

Là-dessus, on entendit un coup de sonnette. Leur verre à la main, le duc et le prince se sont tournés vers la porte. Ils avaient si visiblement l'air d'attendre quelqu'un que c'en devenait gênant. Ce n'était que le vieux marchand de légumes. Filumena dans son dos, il s'est arrêté sur le seuil du salon. Il a salué. Il portait une superbe corbeille de fruits. Le duc l'en a remercié avec une bienveillante affabilité.

— C'est bien, mon ami. C'est très bien. Je vous remercie. Posez ça là. Et prenez un verre de porto.

Déférent mais raide, le regard hostile, le marchand de légumes a refusé. Il y avait une gaffe à ne pas faire. Bien entendu, je l'ai faite.

— Voyons, Filumena, ai-je dit. Vous, au moins, vous pourrez le convaincre.

Il y eut un silence de glace. Dans les quatre regards dirigés vers moi, le duc, le prince, Filumena, le marchand de légumes, j'ai lu clairement la même pensée : est-ce à qu'à Paris les invités parlent aux domestiques ?

*

Nous avons enterré Filumena ce matin. Nous, le marchand de légumes, le concierge, le boucher, le cordonnier, le notaire qui habite dans la rue, le rémouleur du rez-de-chaussée, le marchand de ferraille, le teinturier et ses trois ouvrières, la diseuse de bonne aventure et même l'adolescent efflanqué qui m'apporte, entre peau et chemise, des cigarettes américaines de contrebande. Nous avons fait une collecte. Mais Filumena a eu le plus bel enterrement qu'il y ait eu depuis trente ans. Elle si frêle, si petite, elle qui trottinait le long des murs, elle a eu un cortège qui, pendant une demi-heure, a interrompu la circulation, elle a eu l'immense corbillard où, aux quatre coins, des anges soufflent dans des trompettes, elle a eu des gerbes de fleurs, elle a eu deux mille personnes. En tête du cortège, côte à côte mais ne se parlant pas, marchaient le duc et le marchand de légumes.

Après l'enterrement, je suis rentré chez moi. J'avais des choses urgentes à faire pourtant. Je n'aurais pas pu. La gorge serrée, le cœur brisé, je pense à toi, Filumena. Je pense à toi, petite vieille, petite dupe, petit saint-bernard. Je pense à toi. Je me fais des réflexions. Que peuvent-elles contre la leçon que tu nous laisses ? Le marchand de légumes est venu me voir. Il avait encore son costume noir de la cérémonie, son col à coins cassés. Il m'a dit :

— Il faudra s'occuper de ce duc maintenant.

J'ai dit :

— Il va être bien seul, le pauvre homme.

— Ce n'est pas un pauvre homme, m'a répondu le marchand de légumes d'une voix haineuse. C'est un monstre, je vous le dis. C'est par égoïsme qu'il a empêché Filumena de m'épouser. Pour ne pas la perdre. Parce qu'elle le soignait bien. C'est un monstre. Je le tuerais, moi. Mais Filumena, au ciel, serait trop malheureuse s'il lui manquait quelque chose. Nous nous sommes entendus. Le boucher lui fournira sa viande, pour rien, le pharmacien ses remèdes, moi les légumes. La blanchisseuse s'occupera de son linge. Non, il ne lui manquera rien :

Et il a encore dit :

— Mais c'est pour Filumena.

Le tas

Un tas.

Un énorme tas noir, de ratine apparemment.

Surmonté d'un chapeau de paille.

Il y avait la terrasse, une longue terrasse carrelée de rose et de blanc, une balustrade d'un côté, des colonnes de l'autre, et des agaves, des rosiers, des citronniers.

Au milieu, derrière la balustrade, le tas. Affaissé sur une chaise, informe, immobile, le dos rond, son ombre devant lui.

Un peu en retrait, debout, deux hommes, l'un le torse nu, l'autre en gilet de corps, en short tous les deux, des shorts dépenaillés et couverts de taches, les pieds nus, l'air de deux pirates. L'un tenait un plateau, l'autre un chat. Un gros chat gris, visiblement — et plus que les deux hommes — de la famille du tas. Les animaux familiers finissent par ressembler à leurs propriétaires, ce phénomène est connu. Et inversement. Il y a des vieilles dames qui ont l'air de pékinois, des élégantes qui ressemblent à leurs lévriers.

Et, à vingt pas, à l'entrée du sentier cimenté, moi. Arrêté. Perplexe. L'immobilité de la scène m'avait gagné. Pas un souffle dans l'air chaud. Tout semblait figé dans l'éclat sec de ce jour d'été. Il y avait près de moi un figuier. Ses larges feuilles n'avaient pas un frisson.

— Café !

C'était le tas qui avait parlé. Sans bouger. Sans se détourner. Comme mis en mouvement par un ressort, l'un des hommes avait fait deux pas. Il pencha une cafetière sur une tasse, versa, s'inclina, tendit. Tout cela était très petit, le plateau, la cafetière, la tasse comme un œuf, brillante. Le tas but sa tasse. L'homme refit deux pas en arrière. Et il se remit à regarder. Tous les trois, ils regardaient quelque chose que, de là où j'étais, je ne voyais pas. Un bateau sur la mer, probablement. Sans bouger. Le tas sur sa chaise, plus informe encore d'être penché en avant, enfermé dans son costume noir.

— Chat !

L'autre homme avança, s'inclina. Sans détourner son regard, le tas caressa le chat. Lentement. C'étaient des gestes presque immobiles, qui passaient à la surface du silence comme un frisson sur l'eau.

Je me secouai, j'avançai. C'est vrai, cela devenait bête à la fin. Mais j'étais intimidé. Ou une sorte de peur. Mais pourquoi ? Au bruit de mes sandales sur le ciment, les trois visages, d'un seul mouvement, se tournèrent vers moi, impassibles, sauf que le tas, lentement, porta la main à son chapeau de paille. J'avançai encore. Toujours aussi lentement, lourdement, comme un gros lion de jardin zoologique, le tas se leva, vint vers moi. Il se tenait au bord de la terrasse, à trente centimètres au-dessus de moi, sa grosse face blême prise entre le rond de son chapeau et le rond de son col à coins cassés. En face, moi, en short, la chemise ouverte jusqu'à la ceinture. Nous devions composer un joli tableau.

— J'apportais le chèque, dis-je.

Je tendais le feuillet vert pâle. Le tas ne bronchait pas, n'avançait pas la main. J'insistai.

— Vous avez déjà touché les arrhes. Voici le complément. Pour un mois de location...

Je disais n'importe quoi. Ce n'était que pour rompre ce silence. Avec un sourire de maître d'hôtel, assez inattendu sur sa face de pirate orangé, un des hommes glissa son plateau sous le chèque. Le tas n'avait toujours pas bougé.

— Je ne m'occupe jamais des affaires d'argent, dit-il enfin d'une voix molle.

Dans le regard morne qu'il leva vers son pirate, je crus pourtant discerner une question. Le pirate baissa les paupières. Cela signifiait sans doute que le chèque portait bien le chiffre prévu. Je m'attendais à quelques commentaires. En général, dès qu'il s'agit d'argent, les gens deviennent assez diserts. Mais rien. Mon chèque sur le plateau. Le chat qui bâillait. Ces trois hommes à trente centimètres au-dessus de moi. Ce regard qui tombait sur moi comme un filet.

— Eh bien, je me sauve.

Rapidement, trop rapidement, gêné par ces trois regards cloués dans mon dos, je traversai le jardin, un jardin qui descendait, divisé en paliers étroits où la chaleur semblait tassée entre les petits murs de pierres rèches, où elle semblait se vautrer à même les tomates poussiéreuses. Au bout, une porte ouvrait sur un sentier qui dévalait vers la mer.

Au premier tournant, le tas oublié, ses pirates abolis, je m'arrêtai, émerveillé. A cinquante mètres en dessous de moi, il y avait la mer, spectacle encore assez ordinaire, mais, sur la mer, Patricia qui passait en skis. Son canot à moteur traçait sur l'eau un paraphe rond et neigeux. Derrière, le corps tendu comme un arc, Patricia semblait voler. Du haut de mon sentier, je voyais le fond de la mer, les gros rochers blancs, les taches sombres des algues et celles, plus claires, des fonds sablonneux. L'eau était si transparente qu'elle semblait faite de la même matière que l'air. Ainsi, entre l'air et l'eau, Patricia avait l'air de glisser non sur la mer mais dans un espace indéfini où l'air et l'eau se seraient confondus. Son corps en diagonale, la tête rejetée en arrière comme sous une caresse, les bras tendus devant elle, ses skis disparus dans l'écume, elle passait comme un songe et, quoique je ne fusse pas fou d'elle, là, sur mon sentier, j'éprouvai un moment de ferveur. L'eau, le soleil, ce corps si pur, plus pur encore d'être ainsi comme habité par un miracle, détaché de la pesanteur, livré à l'azur. Et puis quoi, j'avais une excuse. Ce corps qui passait devant moi, un récent Gallup ne venait-il pas de décréter que c'était le plus beau du monde ? Patricia Huston : troisième actrice du monde, huitième pour le talent, deuxième pour le visage, première pour le corps. De là où j'étais, c'était son corps que je voyais, son corps de Victoire, son corps de Liberté, Diane vivante, Vénus lancée dans l'espace...

Brusquement, je ne sais pourquoi — non, je sais pourquoi : les regards nous appellent autant que les cris — je me retournai. Au-dessus de moi, il y avait la terrasse. Et les trois hommes qui regardaient. Immobiles, sombres sur le ciel pâle, comme trois aigles noirs. Et je sentis une menace sur le bonheur de notre été.

*

— Vous m'aimez, dit Patricia.

D'un air préoccupé, les cheveux dans la figure, elle me tendait le rôti de veau. Sur deux tons différents, je lui dis : Merci. Bon. Le merci était pour le veau, le bon pour l'amour.

— Vous m'aimez follement. Seulement vous êtes...

Elle chercha une seconde, ses yeux verts me scrutant jusqu'au tuf.

— Vous êtes orgueilleux. Alors, vous ne voulez pas m'avouer votre amour...

— Pourrais-je avoir le pain ? dit Massimo Lodi d'une voix égale.

— Voici...

— Et vous ne voulez pas l'avouer parce que vous savez que j'aime...

Son regard fit le tour de la table.

— ... Que j'aime Paolo.

Au-dessus de sa marinière bleu-ciel qui, trop étroite, lui donnait l'air d'un petit garçon, Paolo eut un sourire charmé.

— Trop aimable.

— Alors, vous le tuez.

Cette solution provoqua des sursauts.

— Merci bien, dit Paolo.

— Le tuer ? dis-je. Diable ! Les écrivains, ça tue rarement.

— Vous le tuerez par-derrière.

— Jusqu'ici, ça va, dit le metteur en scène. Mais ça ne nous mène pas loin.

Autour de nous, la salle à manger était fraîche comme une grotte. Une grotte qui aurait été meublée vers 1900. Des meubles de presbytère, épais et sombres, mais aussi quelques extravagances : un lampadaire en fer battu représentant des nénuphars et un piédouche doré supportant une nymphe munie d'une cruche.

— Je tiens la suite, dit Patricia.

Avec une expression concentrée, elle posa sa main sur la mienne, une main assez grasse. Non obésité : ambre solaire.

— Quelqu'un vous a vu...

— Qui ?

— Le Pape, dit Paolo. Il était précisément dans les parages. En tournée pastorale.

D'un geste affolé, Bill (Bill La Chatre, le metteur en scène, je n'ai pas besoin de présenter, je suppose) lui imposa silence. Patricia avait une idée. Ce n'était pas le moment de plaisanter.

— Bill ! dit-elle triomphalement. Il vous a vu. Or, il m'aime.

— On vous aime beaucoup dans cette histoire, dit Massimo en se penchant pour se voir dans le miroir qui surmontait la desserte.

— Cela n'a rien d'invraisemblable, dis-je galamment.

— Non, dit Massimo. Mais c'est moi le jeune premier. Il faut qu'on m'aime.

Il avait dit cela sans l'ombre de vanité. C'était le point de vue du professionnel, rien de plus.

— Il menace de vous dénoncer, poursuivait Patricia. Je le supplie de n'en rien faire. Les scènes de supplication, je fais ça comme personne. Pour prix de mon silence, il exige que je l'épouse.

Et, posant sa fourchette :

— Je cède.

Elle avait dit cela avec beaucoup de noblesse.

— Ça ne va pas, dit Bill La Chatre.

— Pourquoi ?

— Parce que, si c'est Paolo que vous aimez, qu'est-ce que cela peut vous faire que Félicien soit arrêté ?

— Pendu, guillotiné, électrocuté, précisa Paolo en mimant les grimaces inhérentes à chacun de ces supplices.

— Nom d'un chien ! dit Patricia.

Le débat fut interrompu par le cuisinier lequel, les mains aux hanches, la chemise ouverte et sentant le fauve, venait s'informer si, d'une manière générale, nous étions satisfaits de son déjeuner. Patricia le renvoya avec fureur à ses casseroles.

— C'est inouï ! Il n'y a pas moyen de penser tranquillement dans cette maison. Non, je ne l'aime pas. Mais j'aime son amour. C'est un beau thème, ça. Il est écrivain. Il aura su me parler de son amour avec un feu, une ardeur...

— Là, il y a une idée, dit Bill. Mais n'oubliez pas que vous devez finir par aimer Massimo.

— Eh bien, j'aimerai Massimo, dit Patricia exaspérée. Et c'est lui qu'on tuera.

— On ne peut pas le tuer au milieu du film. C'est une trop grosse vedette.

Cependant, indifférent à son sort, Massimo s'était levé et, tout en grappillant du raisin, sa belle tête de garçon boucher au-dessus de sa marinière jaune citron, il se dirigeait vers la fenêtre.

— Et puis Massimo..., dit Patricia entre haut et bas.

Une exclamation dudit Massimo nous fit nous retourner.

— Il est encore là, dit-il.

— Qui ?

— Le tas. Sur sa terrasse. Il nous regarde.

*

Comme toujours, je me suis précipité dans mon récit, j'ai couru trop vite. J'aurais dû m'expliquer davantage, je le sens bien. Mais cette hâte qu'éprouve si souvent le lecteur et qui lui fait sauter des pages pour arriver plus vite à la fin, croit-on que l'écrivain ne l'éprouve pas, lui aussi ? Et d'une manière plus insupportable car, je ne sais pas si on s'en doute, il est plus long d'écrire que de lire. Les souvenirs, les épisodes sont là, qui se bousculent, qui se pressent. Et cette histoire est si étrange... Maintenant encore, à un an de distance, elle me donne un sentiment de gêne. Tant pis, il faut bien que je reprenne les choses par le début.

Au début donc, il y avait un producteur de cinéma. Italien. Producteur et Italien, cela lui faisait déjà deux bonnes raisons d'avoir beaucoup d'idées. Sa dernière avait été d'engager, pour un film, Patricia Huston et Massimo Lodi. Ces deux vedettes n'avaient jamais joué ensemble. De leur conjonction, le producteur se promettait un succès et des recettes également considérables. Déjà, il avait commencé sa campagne de publicité : le plus beau couple du monde ! le couple du siècle ! Et le scénario ? Bah, le producteur ne donnait pas dans ces godans-là. Pour triompher, Patricia et Massimo n'avaient qu'à se montrer. Le scénario, on en trouverait toujours un.

Seulement, une fois Patricia débarquée de son avion, une fois les fleurs remises et les *flashes* éteints, une fois le couple du siècle dans son bureau, le producteur s'était trouvé devant une Patricia qui ne l'entendait pas de cette oreille. Pas de scénario ? Elle n'avait jamais vu ça. Pour qui la prenait-on ? Déjà, elle parlait de refaire ses malles. Épouvanté, le producteur bafouillait de confuses anecdotes. « Vous l'aimez. Il est écrasé par un taxi. Vous vous installez à son chevet... Non, il est accusé d'un crime. Vous êtes avocate. Vous le défendez. Joli rôle. Très humain... » Patricia ne faisait que s'irriter davantage. Les secrétaires éperdues fouillaient dans les tiroirs, en retiraient de vieux scénarii oubliés là depuis l'âge du cinéma muet. Patricia les balaya. Vexée d'être toujours louée pour ses cuisses et si rarement pour son talent, Patricia précisément s'était mis en tête de ne plus jouer que des films ayant un sens, une portée, qui fussent, d'une certaine manière, reliés au tragique contemporain. Car le monde contemporain, à l'en croire, était tragique. On ne s'en rendait pas compte. Il fallait le dire...

C'est là-dessus que, secoué par cette tempête, le producteur avait eu une idée. Après l'avoir qualifiée successivement de formidable, de sensationnelle et de largement humaine, après avoir soutenu contre toute vraisemblance qu'il la nourrissait depuis dix ans, il l'exposa. Le cinéma, à son sens, souffrait d'un manque de cohésion aux différents échelons. On avait l'habitude de présenter aux acteurs un scénario déjà fait. N'était-ce pas une erreur ? C'en est une, répondait le producteur hardiment. Ne valait-il pas mieux que les acteurs et les scénaristes fissent le scénario tous ensemble ? Les acteurs seraient ainsi dans la peau de leurs personnages avant même qu'ils n'existent. Ils pourraient apporter leurs idées, leurs inspirations. N'est-ce pas ? Il allait donc louer une villa, y envoyer Patricia, Massimo, le metteur en scène, un scénariste. Pendant un mois. Un mois suffisait, à son avis. Ce serait formidable. Bien mieux (en voyant son idée se développer devant lui, le producteur en avait le vertige), bien mieux, ce film porterait sur ces quatre personnages eux-mêmes. Ce serait l'histoire de ce séjour. A la fois le film et l'histoire du film...

— Vous êtes là, à quatre, dans une villa. Tenez, nous la mettrons même dans une île. Très bon, les îles. Une femme, trois hommes. Réunis pour faire un film. Des rapports se nouent, forcément. Miss Huston pourrait s'éprendre du metteur en scène. Très humain, ça. Massimo le tue. Il tue très bien. Sans compter les ressources locales. Miss Huston s'éprend d'un pêcheur. Elle renonce au cinéma pour la pêche. Le scénariste la rejoint à la nage. Bien entendu, dans le film, les rôles du scénariste et du metteur en scène seraient tenus par des acteurs. Hein, je pense que... Vous qui vouliez de l'humain...

Mais Patricia lui coupait la parole. Le projet lui

plaisait. Elle acceptait. Massimo était d'accord, lui aussi. Massimo était toujours d'accord. « Qu'on me dise ce que je dois faire, je le fais », disait-il avec cette expression de zèle buté qui lui valait tout ensemble sa gloire, la sympathie des producteurs et les centaines de Massimo-Clubs fondés par ses admiratrices jusque dans les villages les plus reculés d'Italie.

Restait à trouver le metteur en scène et le scénariste. Le producteur proposa Bill La Chatre et moi qui étions précisément en Italie. Sur sa lancée et dans son enthousiasme, il adjoignit encore à notre expédition le gentil Paolo, photographe de son état et qui serait en quelque sorte l'historiographe de cette curieuse expérience. Trois jours plus tard, nous débarquions dans l'île perdue où l'entreprenant producteur nous avait trouvé une villa, une villa assez ancienne, comme il y en a beaucoup dans le sud de l'Italie, sombre et fraîche comme un puits, villa dont, on l'aura compris, le tas était le propriétaire. Il y a encore un détail que j'ai oublié de préciser mais m'abusé-je en pensant que le lecteur s'en sera aperçu tout seul : c'était l'été.

*

En apparence, nous menions une vie parfaitement futile. Dès le matin, nous courions vers la mer. Patricia avait loué un canot à moteur et faisait du ski. Paolo généralement l'accompagnait et photographiait. Retranché derrière un rocher, Massimo faisait dorer son corps avec des soins de pâtissier. Quant à Bill, à l'abri d'un grand chapeau de paille qui lui donnait l'air d'un gras péon de film méxicain, assis dans l'eau, il faisait des mots croisés. De mon côté, je m'adonnais à la pêche aux oursins. Vers trois heures, assommés, nous regagnions la villa pour manger comme des brutes et pour sombrer aussitôt après dans le silence épais de la sieste. Le soir, nous faisions une partie de raspa, variante ingénue du bridge que Paolo nous avait apprise et dont Patricia était folle.

Sous cette croûte dorée, une angoisse pourtant cheminait : le scénario. Le producteur nous avait donné un mois (et il téléphonait tous les matins, le jaguar !). Au bout de huit jours, nous n'avions toujours rien trouvé de sérieux. Barbotant dans la mer, remontant des abîmes de deux ou trois mètres où j'avais cueilli un oursin qu'une algue prise dans ses piquants signalait comme particulièrement savoureux, je voyais Patricia émergeant à côté de moi et me disant : « Supposez que je vous aime... »

— Et Massimo ? lui rétorquais-je, non sans un vague regret. Le baiser en gros plan, c'est avec lui que vous devez l'avoir.

De son rocher, Bill nous entendait, plongeait et, d'une brasse essoufflée, il venait nous expliquer qu'il avait enfin compris, que Patricia, beauté froide, était non une amoureuse mais une aventurière, une calculatrice et que, dans ces conditions, il était impensable qu'elle allât s'attaquer à un écrivain ou à Massimo. Le baiser en gros plan, elle l'aurait, bien entendu, et avec Massimo, il va sans dire. Mais elle s'arracherait cet amour du cœur pour séduire le metteur en scène. Sur un ricanement de ma part, d'ailleurs étouffé par une tasse que je bus dans le même temps, Bill me fit observer que, de notoriété publique, les gains des metteurs en scène étaient largement supérieurs à ceux des romanciers et que ce point ne pouvait avoir échappé à une si froide calculatrice. Patricia pourtant mit la chose en doute, cita Hemingway, Somerset Maugham et conclut en déclarant que, dans ces conditions, le rôle d'aventurière ne lui déplaisant pas, il valait mieux supposer que Paolo était un milliardaire qui, épris d'elle, se serait mis dans la modeste peau d'un photographe pour pouvoir l'approcher. Elle le mépriserait et mourrait de dépit en apprenant qu'il était l'unique héritier des Dupont de Nemours.

— Et Massimo alors ?

C'est vrai, il y avait Massimo.

*

Et il y avait le tas. Nous l'aurions bien oublié. Mais, lui, il ne se laissait pas oublier. Toujours là, sur sa terrasse, à nous regarder, sans vergogne, sans se cacher, parfois même armé d'une paire de jumelles. Toujours dans notre paysage. Juchée sur ses skis, Patricia lançait un regard vers la côte : le tas était là. S'interrompant dans ses mots croisés, Bill cherchait dans le ciel un céphalopode en six lettres : le tas était là. Le soir, dans l'obscurité, nous apercevions, de loin, le phare rouge de son cigare. Légers comme nous étions, nous ne faisions qu'en rire. Paolo lui prêtait une passion sénile pour Patricia. Bill lui donnait dans le scénario des rôles atroces : il serait l'assassin, il serait le satyre, il serait le producteur.

Notre amusement augmenta encore lorsque, un jour, le pirate à plateau nous apporta un bristol par lequel le professeur (c'était le titre que lui donnait ce document) nous invitait à prendre le thé. De l'avis général, il ne fallait pas manquer cela. Patricia mit une robe qui nous fit siffler d'admiration et, en corps, nous poussant du coude, nous nous rendîmes chez le professeur.

Pour nous y trouver, ma foi, assez intimidés. Le professeur nous reçut d'une manière... d'une manière royale, je ne trouve pas d'autre mot. Je ne parle pas ici de l'abondance des petits fours, lesquels, au contraire, brillaient par leur absence. Je parle de ses manières. De ses manières qui étaient exactement celles d'un souverain recevant ses sujets, nobles, aisées, tempérées d'un rien de bienveillante hauteur. Je parle de sa courtoisie qui, tout ensemble, nous faisait cruellement mesurer le peu de chose que nous étions et la bonté qu'il avait de bien vouloir cependant hausser ce peu de chose jusqu'à lui. A Patricia et à Massimo, le professeur assura qu'il n'était pas sans avoir entendu parler d'eux. Pour des vedettes dont l'effigie ornait jusqu'aux armoires individuelles des élèves du Sacré-Cœur et des cadets de West Point, le compliment pouvait paraître mesuré. Patricia pourtant se pâma et Massimo rougit. A Bill, le professeur déclara que, lors de ses séjours sur le continent, il avait eu l'occasion d'aller une fois au cinéma (qu'il appelait le cinématographe) et que ce procédé lui avait paru bien intéressant. De mon côté, je fus gratifié d'une anecdote ayant trait à un chansonnier napolitain et destinée à me montrer que le professeur n'était pas sans familiarité avec l'activité plumitive. Pendant que le pirate à plateau nous servait le thé, le professeur s'enquit des raisons qui nous avaient fait élire son île (là encore, il en parlait comme un souverain). Nous lui fîmes confidences de l'affaire du scénario et du tintouin qu'elle nous donnait.

— Un drame entre vous, dit-il de sa voix grasse qui donnait tant de poids à tout ce qu'il disait. C'est amusant.

Son regard éteint passait sur nous. « L'amour, la mort », dit-il encore, rêveusement. La robe de Patricia était jaune, avec de grandes fleurs violettes. Massimo portait une chemise orange à grand col et des shorts coq de roche. Paolo était en bleu ciel. Le professeur, lui, était en noir, enfermé jusqu'au cou dans sa ratine sévère.

— Je suis déjà un vieillard, dit-il. Le sommeil des vieillards est léger et leurs nuits sont courtes. Quelque idée viendra peut-être m'illuminer.

A la suite de cette entrevue, des rapports plus étroits s'établirent entre les deux villas. Il faut dire que le professeur y mettait du sien. Tous les jours, il trouvait quelque nouvelle gracieuseté. Notre jardin étant étroit et mal tenu, le professeur avait invité Patricia à prendre dans le sien toutes les fleurs dont, à l'en croire, une si jolie femme ne pouvait se passer. Tous les matins donc, elle allait cueillir des fleurs puis, son bouquet au creux des genoux, ses longues jambes au soleil, elle s'asseyait sur la terrasse, dans un transatlantique. Le professeur se penchait sur elle et lui parlait. De ma fenêtre, il me semblait voir ses paroles couler sur elle, oui, il me semblait les voir, comme une glu, comme une lave, comme les cafards sur le carrelage vert eau de la cuisine. Et Patricia l'écoutait. Elle toujours si prompte. Elle qui, de nous, n'avait jamais supporté une phrase de plus de six mots.

Un peu plus tard, c'était au tour de Massimo. Le professeur lui avait fait valoir que, pour les bains de soleil, les rochers, souvent un peu râpeux, ne devaient pas être bien commodes et, à l'aide de quelques pagliarelles et d'un paravent vert amande, il lui avait fait aménager un angle de la terrasse. Massimo allait s'y étendre tandis que, de l'autre côté du paravent, son chat dans les bras, le professeur lui adressait d'abondants discours.

Quant à Bill, le professeur et lui s'étaient découvert une commune passion pour les échecs et, tous les après-midi, sous le regard attentif des deux pirates et du chat, ils jouaient. Mais là encore, à en juger par les gestes, les plaisirs de la conversation devaient tenir plus de place que les échec et mat. Je voyais le professeur penché en avant, Bill qui levait ses deux grosses pattes dans une dénégation péremptoire. De quoi pouvaient-ils bien parler ainsi ? Je le leur demandais. Ils ne me répondaient que vaguement.

— De tout, disait Patricia. De la vie. Il a une philosophie bien à lui.

Car, moi, je n'y allais pas, chez le professeur. C'est-à-dire que j'y étais bien allé une fois mais la tournure prise par l'entretien m'avait agacé. J'avais à parler au professeur de la citerne. Il me promit de la faire remplir et enjoignit au pirate à chat de faire le nécessaire. Puis :

— Et votre scénario ?

— Il ne va pas fort.

— Je sais, dit-il. Vous devez souffrir.

Il faudrait que je parle encore de sa voix. Elle était lente et grasse. Elle s'enfonçait dans le silence comme un piston bien huilé.

— Oh, c'est ennuyeux, dis-je. Rien de plus.

— Je ne parle pas du scénario, reprit-il. Je parle de vous.

Il pointait son index épais dans la direction approximative de mon cœur.

— Moi ?

— J'ai compris tout de suite.

— Je vous assure que...

— Laissez parler un vieil homme qui voit clair. Je sens votre souffrance plus sans doute que vous ne la sentez vous-même. Elle est là, qui vous déchire. Et, au lieu de la laisser dormir, vous voilà obligé de la projeter devant vous, d'en faire un film... Tout se mêle dans votre pauvre tête. Vous ne voyez plus où est le vrai, où est le faux. Vous vous déchirez à vos propres épines.

Il faut dire ici que, par un fâcheux travers de mon caractère, je n'aime pas beaucoup qu'on me parle de mes souffrances. Sans compter que, là, franchement, le cœur sur la main, je ne souffrais de rien du tout. Je pensai l'exprimer en termes assez vifs mais quoi ? un vieillard, et si poli, notre propriétaire... bref, je m'étais contenté de prendre congé en me jurant bien que le professeur ne me reverrait pas de sitôt.

Mais les autres, eux, y retournaient. Chose curieuse, dans le même temps, je voyais, de jour en jour, s'aigrir leur caractère. Non, cette phrase est encore mille fois trop précise. C'était quelque chose de plus vague, comme un malaise, comme s'il y avait eu entre nous une vieille querelle jamais élucidée. Que Patricia fût devenue fort acariâtre, ce n'était rien encore. Seule femme au milieu de quatre hommes, il était trop naturel qu'elle représentât la mauvaise humeur. Mais Massimo, Massimo dont l'égalité de caractère était proverbiale... Pour un rien, il se fâchait, claquait les portes. Un jour, à propos d'un coq qui l'avait réveillé au lever du jour, il eut une véritable crise de nerfs. Bill, lui aussi, se montrait hargneux. Innocemment, j'attribuais tout cela au sirocco qui, ces jours-là, s'était mis à souffler. Puis, je me disais que décidément la cohabitation ne vaut rien. Cela fortifiait en moi une vieille thèse.

Jusqu'au jour où, en pleine sieste, je vis Massimo déboucher dans ma chambre. Il s'assit sur mon lit et, sur ce beau ton creux qui lui valut tant de succès dans *l'Amour est un péché,* il me déclara qu'il venait de téléphoner pour faire venir un taxi. Je lui rétorquai que, pour intéressante qu'elle fût, cette nouvelle ne me paraissait pas valoir qu'il interrompît ma sieste. Là-dessus, reprenant sa voix naturelle, suraiguë et un peu piaillante, il me précisa que ce taxi devait le conduire au port, qu'il partait, qu'il en avait assez, que ses bagages étaient faits, que Patricia était jalouse de lui, qu'elle voulait lui couper l'herbe sous le pied, qu'il n'était pas habitué à de pareils procédés, qu'il rompait son contrat, qu'il voyait clair à présent... Pour une fois qu'il parlait, il ne s'arrêtait plus. C'est à grand-peine que je réussis à le calmer. Je lui assurai qu'il se trompait du tout au tout et que, bien au contraire, dans le secret de mes nuits, je lui préparais le plus beau rôle de sa carrière. Il finit par se laisser convaincre et alla décommander son taxi.

Le lendemain, je venais de cueillir une vingtaine d'oursins et, les ayant disposés sur un rocher plat, je m'apprêtais à faire la dînette lorsque, dans l'eau, apparut Patricia. Elle se hissa à côté de moi. De fort mauvais gré, je lui offris de partager mes échinodermes dont, en général, elle était friande. Elle refusa. Puis, rageusement, battant des pieds dans la mer, elle ajouta :

— L'imbécile !

— Qui ? demandai-je, beaucoup plus occupé de la chair orange de mes oursins que des jugements souvent hâtifs de Patricia.

— Paolo.

— Tiens, pourquoi ?

— Pourquoi ?

Elle éclata.

— Car, bien entendu, vous ne voyez rien, vous ne devinez rien... Vous êtes aussi bête que vos oursins.

A plat ventre sur le rocher, j'en rinçais deux dans la mer, à petits coups.

— Qu'aurait-il fallu voir ?

— Mais que je l'aime ! Que je l'aime ! Que je suis folle de lui. Et qu'il me dédaigne. Qu'il refuse de comprendre...

Pour le coup, je me relevai. Les sourcils froncés sous son bonnet bleu, Patricia regardait l'horizon d'un air menaçant.

— Paolo ?

— Vous avez un autre imbécile sous la main ?

Oui, je l'aime. Cela vous étonne ? Et lui qui fait semblant de ne rien voir. Qui me regarde comme si j'étais un bout de bois. Moi ! Moi qui ai refusé un neveu du roi de Suède. Et ce photographe qui me dédaigne. Ça gagne combien, un photographe ? Hein, pourriez-vous me le dire ? En dollars ?

— Cela n'a rien à voir, dis-je, décontenancé par cet aspect strictement américain de la passion.

— C'est idiot, ce que je dis là, reprit-elle sur un ton plus calme. Et je ne sais pas pourquoi je vous en parle. Cela ne sert à rien. Mais j'étouffe, je n'en peux plus... C'est trop pour moi... Il faut que je le lui dise...

— Mais puisque vous me dites qu'il ne vous aime pas...

— Tant pis. Je souffrirai.

— Vous êtes folle. Paolo est marié, il a des enfants.

— Je sais. J'ai vu la photographie de sa femme. Une petite boulotte.

— Même les petites boulottes ont droit à ce qu'on ne saccage pas leur bonheur pour un caprice.

— Qui vous dit que c'est un caprice ?

— Vous aimez Paolo depuis huit jours. Dans trois semaines, vous l'aurez oublié.

— Je l'aime depuis que nous sommes ici. Je ne le savais pas. Maintenant, je vois clair, je lis en moi. Je l'ai aimé depuis le premier instant. Vous vous rappelez, quand nous parlions du film, je prévoyais toujours pour lui des rôles où il m'aimerait...

— C'était le scénario.

— Non, c'était tout mon être déjà qui criait vers lui. Et moi qui ne me doutais de rien, qui vivais dans ma rumeur...

Ce vocabulaire me parut étrange.

— La rumeur de quoi ?

Patricia ne me répondit pas. Son canot à moteur était au large, devant nous. Elle héla le marin. Le canot se rapprocha.

— Et il y a Bill, dit-elle encore en rajustant son bonnet.

— Bill ? Qu'est-ce que Bill vient faire là-dedans ?

— Eh bien, il m'aime. Ça aussi, vous ne l'avez pas vu sans doute...

— Bill ?

— Décidément, c'est très innocent, les romanciers, dit-elle en se laissant glisser dans la mer.

Elle s'éloigna vers son canot. Je la vis se hisser à bord, démêler la corde de ses skis. Pensivement, j'achevai mes oursins. Puis, ne désirant pas rentrer à la nage, je gravis les rochers derrière moi et j'aboutis à un sentier qui montait. Tout en cheminant, je pensais à tout ce que m'avait dit Patricia. Paolo, Bill... non, cela me paraissait incroyable. « Je vois clair maintenant. » Massimo aussi m'avait dit qu'il voyait clair. Je n'aime pas les gens qui voient clair. Non, ce n'est pas ce que je veux dire. Mais je n'aime pas les gens qui le disent trop souvent. D'ailleurs, l'important, ce n'est pas de voir clair, c'est de vivre juste. N'est-ce pas ?

Arrivé en haut du sentier, je regardai vers la mer. Sa pointe dressée hors de l'eau, pareil, sur son écume, à un char dans la poussière étincelante du cirque, le canot à moteur avançait, très vite, Patricia derrière lui, sur ses skis. A ce moment, j'entendis des voix. A l'autre bout du sentier débouchaient Paolo et Bill. En apercevant de loin Patricia et ne voulant sans doute pas manquer une si belle photographie, Paolo courut à l'extrême pointe du rocher. Là, debout, surplombant la mer de trente mètres, donnant le vertige rien qu'à le regarder, il braquait son appareil lorsque, derrière lui, je vis Bill qui avançait, sans bruit, le visage tendu, absorbé. Il n'était plus qu'à un pas de Paolo. Je vis son bras qui se levait. Il y avait Paolo debout sur le ciel éclatant, Patricia qui passait dans sa poussière brillante, le vrombissement du moteur, le crissement métallique des grillons — et ce bras qui avançait, qui avançait. J'aurais voulu crier. Je ne pouvais pas. J'avais la gorge serrée.

— Bill !

Enfin, j'avais crié. Tous les deux se retournèrent, d'un mouvement si brusque que Paolo faillit trébucher et qu'il dut s'accroupir pour se rattraper à la roche. Puis il regarda Bill, près de lui. Il avait l'air de ne rien comprendre. Quant à Bill, le bras toujours levé, il regardait vers moi, hébété. Puis, il sauta de la roche, courut vers moi. Son gros visage était couvert de sueur.

— C'est ce vieux, me cria-t-il dans la figure. Ce

vieux ! Il parle, il parle et puis tu ne sais plus, tu ne comprends plus. J'aime Patricia mais je ne le sais pas. Patricia aime Paolo. Paolo est le seul obstacle entre nous. Rien que Paolo. Mais il a tout inventé. Tout ! J'aime Patricia ? Mais je ne l'aime pas ! Depuis le temps que je la connais. Avec son caractère de cochon ! Et j'allais le tuer ! Sans toi, je le tuais (les yeux vides, il regardait devant lui avec une stupeur infinie). Je le tuais !

Je le pris par le bras, non sans avoir fait signe à Paolo de rester là. Jusqu'à la villa, Bill ne dit plus rien sauf une fois, en hochant sa grosse tête :

— Vous vous rendez compte...

Je ne pris même pas le temps de téléphoner au producteur. Tant pis, on s'expliquerait au retour. Une panique m'avait pris, une peur obscure. Il nous fallait partir, tout de suite, par le bateau de l'après-midi. J'envoyai le cuisinier chercher Patricia, la femme du cuisinier chercher Massimo. Tandis que Bill, affalé dans un fauteuil, se tenait la tête entre les mains, je fis les bagages de tout le monde, n'importe comment, les slips de Massimo pêle-mêle avec les robes de Patricia. Il fallait partir. J'inventerais n'importe quoi. Je voulus pourtant prévenir le professeur. Bien entendu, il était sur sa terrasse. En dessous, sur la mer, Patricia passait dans son écume neigeuse. Elle avait dû entendre les appels du cuisinier car je la vis lever le bras.

— Nous partons, dis-je.

— Déjà ? dit le professeur. Et le scénario ?

— Il se passera de vous.

Il eut un sourire fatigué.

— Dommage, dit-il. Cela m'amusait.

J'ai tourné les talons. Maintenant encore, je le regrette. J'aurais dû le jeter dans la mer. Il est vrai qu'avec ses deux pirates...

L'honneur de don Pasquale

— Mais je l'aime ! s'exclama-t-il avec douleur et dans un allègre cliquetis de ciseaux.

Non, je n'appellerai pas cela un salon de coiffure. On irait imaginer des miroirs, des appliques, des séchoirs électriques, est-ce que je sais ? La boutique de Gennariello, à Positano, était une simple pièce, de trois mètres sur trois, au ras de la ruelle. Elle comportait bien un miroir, mais minuscule et qui vous faisait le menton de Michel Simon. Le reste du mobilier était constitué par une étagère supportant un vaporisateur et quelques flacons ; un fauteuil, pour l'instant occupé par le maréchal des carabiniers ; une chaise où était assis un vieil homme à chemise bleue, visiblement ami de la sentence. Un troisième client, plus jeune, en gilet de corps, s'était, faute de chaise, assis sur le seuil, les pieds dans la ruelle.

— Je l'aime, répéta Gennariello affectueusement penché sur la chevelure huileuse du maréchal.

Par des mimiques variées, les trois clients marquèrent leur intérêt. Le sentencieux hocha la tête. Empêché d'en faire autant (même militaire, on ne hoche pas la tête quand on a une paire de ciseaux près des oreilles), le maréchal leva les yeux vers le plafond. Plus éloquent, l'accroupi eut un mouvement des mains, des épaules, du dos, dans lequel il sut faire tenir un plein panier de vérités premières.

— Cela finira bien par s'arranger, dit le maréchal.

— Le père ne veut pas, rétorqua sombrement Gennariello.

Il prit une mèche du maréchal, la contempla d'un air rêveur, comme s'il ne savait pas très bien ce qu'il devait en faire. Devant la boutique, au ras de la porte, passaient des gens, avec cette démarche à la fois retenue et rapide que leur donnait la pente, assez raide : un homme qui portait des pêches dans un panier ; un petit garçon qui portait une tasse de café sur un plateau ; une femme-touriste, en shorts, qui portait des coups de soleil, l'un sur le dos, l'autre sur le nez. Le sentencieux bâilla. Pietro s'étira avec des gémissements d'aise et ses épaules roulèrent, presque noires de hâle. C'était le troisième client, Pietro, l'homme jeune assis sur le seuil.

— Et maintenant, ce Napolitain ! reprit Gennariello. Nunziatina m'a dit qu'il reviendrait encore dimanche prochain.

Là, Pietro s'anima. Il se retourna.

— Dimanche ?

— Oui, dit Gennariello.

— Il y a de l'abus, dit Pietro. Il faut faire quelque chose.

Le maréchal souleva ses paupières bistrées.

— Jeunes gens ! dit-il. Pas de bêtises...

Puis, à Gennariello, avec une douceur exténuée :

— Mes cheveux, c'est par ici...

Cette recommandation n'était pas superflue. Dans le feu de la conversation, les ciseaux de Gennariello cliquetaient à deux ou trois longitudes de la tête du maréchal.

*

Le drame de Gennariello était simple : Gennariello aimait et cet amour était traversé. Cela avait commencé deux ou trois mois auparavant. Au début de juin, très exactement. Gennariello connaissait Nunziatina depuis longtemps cependant. Jamais sa vue ne l'avait ému. Puis un jour... Eh ! va-t'en savoir comment ces choses-là naissent !... Le mercredi, il n'y a rien. Le jeudi, il y a l'amour. Un jour, Gennariello montait un escalier. Positano est tout entier disposé sur une pente rapide qui domine la mer. Les ruelles y sont autant d'escaliers, de longs escaliers, interminables. Gennariello, donc, gravissait bravement sa ruelle en escalier. Nunziatina était devant lui, en robe citron, portant sur la tête un panier de légumes. Au moment de la dépasser, Gennariello avait voulu lui dire quelque chose, un de ces mots sans conséquence, comme un garçon se doit d'en adresser à une fille. Il était un peu haletant. Nunziatina aussi. Ils se sont regardés. Il n'y avait qu'eux sur cet escalier. D'un côté, le mur, très haut, de grosses pierres rugueuses. De l'autre côté, par une faille entre deux maisons, tout en bas, on voyait la mer. Et puis eux deux, Gennariello et Nunziatina, posés là, sur une marche, perdus entre le ciel et la terre. Et l'amour. L'amour aussi, oscillant d'une marche à l'autre. Nunziatina souriait, mais d'un sourire dont on eût dit qu'il avait de la peine à émerger des traits de son visage. Un sourire qui n'affleurait que tout juste. Gennariello avait la gorge serrée. Il finit par dire :

— Il n'est pas trop lourd, ton panier ?

— Non, dit Nunziatina.

Et d'une main, de la main droite, toujours en souriant, comme pour indiquer que ce geste n'était qu'une contribution à la conversation, un encouragement à la continuer, elle assura l'équilibre du panier. Elle était belle ainsi, Nunziatina. D'une beauté qui évoquait la santé, la jeunesse et de robustes joies. Sa robe citron soulignait le hâle onctueux de son cou, de ses épaules. Quant à Gennariello, c'était un jeune homme italien du Sud, comme il y en a cent mille, décourageant la description tant le type en est répandu, le profil régulier, les cheveux noirs et coquettement ondulés. Son expression pourtant était modeste, réservée. Joli garçon, Gennariello avait cet agrément supplémentaire : il n'avait pas l'air de s'en douter.

Leur première émotion un peu atténuée, ils avaient repris l'ascension de l'escalier. Ils ne se parlaient pas. Les mots n'avaient plus d'importance. A chaque marche, les cheveux de Nunziatina, répandus sur ses épaules, avaient le même mouvement que, cinquante mètres plus bas, la mer.

Depuis, ils s'étaient revus. Ensemble, toujours haletants (un peu à cause de leur émoi, un peu à cause des escaliers), il avaient fait de longues promenades. Un jour qu'ils s'étaient assis sur le parapet de la route, Gennariello avait pris la main de Nunziatina. Nunziatina ne l'avait pas retirée. Fou de bonheur devant une si éclatante manifestation de tendresse, Gennariello, dès le lendemain, avait mis son beau costume noir et s'était rendu chez don Pasquale pour lui demander la main de sa fille. En homme qui connaît les usages, il s'était muni d'une fort belle cassate soigneusement enveloppée dans du papier glacé. Le cœur pourtant lui battait. L'importance de la démarche, certes, y était pour quelque chose. Et aussi ces damnés escaliers. Il y avait surtout que le père de Nunziatina n'était pas un homme ordinaire.

Don Pasquale vivait à Positano dans les sentiments que peut éprouver un roi en exil. Il y était né, pourtant, dans ce village en escaliers, mais, vers sa dix-septième année, l'esprit hanté par le souvenir presque légendaire d'un de ses oncles qui avait été un camorriste notoire, il était parti pour Naples. Là, grâce à ses dons naturels, vigueur et ingéniosité, il était rapidement devenu une des têtes pensantes de *Vicaria,* quartier général des mauvais garçons napolitains. A trente ans, il avait eu l'esprit d'épouser une femme assez laide, mais cousine germaine du fameux Peppone, autre flambeau local qui, depuis, émigré en Amérique, avait fait une belle carrière dans le sillage d'Al Capone.

Ce mariage avait achevé de classer don Pasquale dans cette aristocratie particulière. Il avait alors définitivement adopté cette démarche pompeuse, ce pas lent, ces manières froides et courtoises, ces complets bois-de-rose ou vert Nil, ces chaînes de montre chargées de breloques, tous les traits enfin à quoi, dans Naples, se reconnaissent les hommes de caractère. En napolitain, cela s'appelle un *guappo.* Le terme est difficile à traduire. Le *guappo,* si l'on veut, c'est le dur, le caïd, bel homme et le sachant, né pour commander et en ayant conscience, éprouvant jusqu'au vertige le redoutable honneur qu'il a d'être lui-même.

D'où l'importance, pour lui, de cet honneur. Vivant principalement sur la révérence qu'il inspire, le *guappo* peut tout faire, tout, sauf perdre la face. Il y a des *guappi* dont les trafics sont à peu près honnêtes. Ceux de don Pasquale ne l'étaient pas. Sans être prisonnier de sa spécialité, il s'occupait surtout de contrebande. En 1949, lassée de toujours le rencontrer sans jamais trouver de quoi le faire condamner à plus de six mois, la police avait fini par lui remettre son *foglio di via,* petit papier qui comporte, pour l'intéressé, un parcours gratuit jusqu'à son village natal et l'obligation de n'en plus jamais sortir.

Don Pasquale, heureusement, avait quelques économies. Il avait pu s'acheter une maison, s'installer gentiment. Pour un homme de cinquante-quatre ans, cela pouvait paraître une fin de carrière assez douce. Mais don Pasquale regrettait Naples. Il regrettait ces ruelles où, sous les chemises et les draps tendus comme autant de bannières, il passait lentement, toujours escorté de quelques affidés, cherchant du regard qui oserait ne pas le saluer, prenant parfois, d'un geste négligent, à un éventaire, un abricot ou une *sfogliatella* croquante, tandis que le marchand, charmé, entonnait sa louange ou lui demandait des nouvelles de sa fille. Positano n'est pas si loin de Naples cependant. Mais qu'est-ce que vous voulez, ce n'est pas la même chose. Après Pigalle, peut-on se contenter de Jouy-en-Josas ? Et don Pasquale, mélancoliquement, traînait le long des escaliers sa grosse tête de lion, son nez bourbonien, ses vastes cernes bleuâtres de bel homme à la retraite.

On conçoit que, pour un homme de cette envergure, un gendre coiffeur, un gendre modeste, un gendre honnête, un gendre enfin de Positano, ce n'était pas du tout ce qu'il fallait. Comme don Pasquale aimait les douceur, il mangea très bien — et très vite — la cassate. Comme il avait le culte de la famille, il en laissa même un morceau (assez petit) pour sa femme et pour sa fille. Cet intermède expédié, il mit Gennariello à la porte. Pas une seconde il n'avait été question de Nunziatina.

Gennariello médita sur cette défaite pendant une quinzaine de jours puis, ayant remis son complet noir et muni d'une bouteille d'excellent vin, il retourna chez don Pasquale. Cette fois, ranimé d'ailleurs par un verre de son propre vin que don Pasquale avait eu la politesse de lui offrir, il formula sa demande. Don Pasquale y répondit courtement.

— Ma fille n'est pas pour toi, Gennariello. Enlève-toi cette idée de la tête. Nunziatina n'épousera qu'un Napolitain.

Rapportée aux divers clients de Gennariello, cette réponse avait suscité des commentaires véhéments, des gesticulations hagardes, d'amicales bourrades et quelques sentences de philosophie générale. Le maréchal des carabiniers, lui, avait surtout montré de l'indignation. Il était natif de Positano et le propos de don Pasquale le touchait dans son orgueil.

— Gennariello, avait-il dit, si je puis t'aider dans cette affaire, compte sur moi.

Mais de là à trouver une solution... Il n'y avait

pas de solution. Il n'était évidemment pas question d'épouser Nunziatina sans le consentement de son père. Dans la province de Salerne, ces choses-là ne se font pas. Il n'y avait qu'à prendre patience, en espérant que le temps modifierait l'attitude de don Pasquale.

Cette affaire en serait encore restée longtemps au stade de l'exclamation si un épisode imprévu n'était survenu pour ajouter, dans le cœur de Gennariello, aux émois de l'amour les affres de la jalousie. Il faut croire que la démarche de Gennariello avait incité don Pasquale à se formuler quelques réflexions sur l'opportunité de caser sa fille. Toujours est-il que, deux dimanches de suite, il avait reçu chez lui, et avec beaucoup de fla-fla, un ami de Naples, un complice des temps heureux, un certain don Giacinto, surnommé *lo sfregiato* — le balafré — à cause d'une cicatrice qui donnait à son visage osseux une gravité espagnole. Bien qu'il n'eût pas trente-cinq ans, ce don Giacinto était déjà un vrai *guappo* et ses manières étaient plus solennelles encore que celles de don Pasquale (lequel, malgré tout, après six ans de Positano, commençait à se laisser aller). A chacune de ses visites, devant Nunziatina, don Giacinto avait proféré, en portant à son chapeau le bout de sa canne-épée :

— Je salue la rose de cette maison.

Après quoi, bien entendu, il parlait d'autre chose. Dans ce domaine, l'homme de caractère se contente d'indiquer ses intentions et se garde bien d'insister. Mais, dans sa brièveté, le propos était clair. Don Giacinto se posait en prétendant et sa recherche, de toute évidence, était bien reçue par don Pasquale.

Devant ce danger, devant les larmes de Nunziatina, Gennariello se réveilla. Foin des discours ! Assez de lamentations ! Il ne restait plus qu'une chose à faire : enlever Nunziatina. Gennariello s'ouvrit de son projet à son ami Pietro, lequel l'approuva hautement. On pourrait objecter ici qu'il est plus grave d'enlever une fille que de se passer du consentement paternel. C'est montrer qu'on n'entend rien aux lois de l'honneur. L'enlèvement ne supprime pas du tout le consentement du père. Simplement, il le rend inévitable. On conviendra que c'est tout autre chose.

Par Nunziatina, Gennariello avait appris un détail précieux : le soir, après le dîner, par égard pour son hôte, don Pasquale, par la ruelle en escalier, le reconduisait jusqu'à la route où don Giacinto reprenait sa motocyclette pour regagner Naples. Le dimanche soir venu, Gennariello et Pietro allèrent s'asseoir à quelques marches au-dessus de la maison de don Pasquale. Vers dix heures, don Pasquale et don Giacinto sortirent, commencèrent à descendre l'escalier. Sous la lune, don Giacinto faisait tournoyer sa canne. Gennariello eut un mouvement de haine et Pietro dut le prendre par le bras pour le retenir. Déjà, d'ailleurs, les deux hommes avaient disparu derrière le premier tournant. Cinq secondes plus tard, Gennariello et son ami pénétraient dans la maison. Mme Pasquale ouvrit la bouche. Le son n'en était pas encore sorti que déjà, ceinturée par l'habile Pietro, elle était projetée et enfermée dans la pièce voisine. Il fallut alors maîtriser Nunziatina. Prévenue de son enlèvement et tout à fait consentante, Nunziatina avait, sur le chapitre de l'honneur, les principes sévères de son père. Elle voulait bien être enlevée, mais dans les formes, par la violence, sans être complice et, enchantée de son enlèvement, elle luttait cependant contre celui qui, dans tous les sens du mot, la ravissait et elle luttait vraiment, de toutes ses forces, son visage animé par une fièvre sauvage. Dans la pièce voisine, sa mère s'était précipitée au balcon et, de là, surplombant l'immense paysage jusqu'à la mer, elle clamait son épouvante, invoquait le ciel, narrait son déshonneur et donnait le détail de sa calamité. Cependant, les forces de Nunziatina faiblissaient. Gennariello et Pietro réussirent à l'entraîner. Le seuil à peine franchi, elle se coula dans les bras de son ravisseur.

— Que c'est beau ! dit-elle.

Avec bonheur, Gennariello regardait son visage encore animé, levé vers lui et que baignait la lune.

— Allons, allons, dit Pietro.

Tous les trois, en courant, la main dans la main, ils remontèrent l'escalier, tournèrent à droite, passèrent sous une voûte, redescendirent. Nunziatina, maintenant, courait en avant et son ombre courait devant elle, ou derrière, sur les murs chaulés. Au loin, on entendait encore la clameur de Mme Pasquale. Ils arrivèrent chez Gennariello. Essoufflée, Nunziatina s'effondra dans le grand fauteuil normalement réservé aux clients. Pietro prit la chaise. Gennariello resta debout. Ils se regardèrent et, tous les trois, ils eurent un sourire timide, furtif. Quelque chose d'à peine croyable venait de se profiler devant eux : qu'un enlèvement, c'était amusant.

Là-dessus, comme prévu, il y eut un dévalement de pas dans la ruelle. La porte s'ouvrit et, d'une belle voix de basse, don Pasquale proféra :

— Misérable !

Le terme était attendu. L'impression fut minime. Pietro se mit à regarder ses ongles. Don Pasquale entra, suivi de don Giacinto. Derrière eux, dans l'encadrement de la porte, il y eut immédiatement quelques voisins.

— Misérable ! reprit don Pasquale. Tu m'as enlevé ma fille...

Cet exorde était bien. Il donnait un état précis de la question.

— Je suis prêt à réparer, dit Gennariello qui, lui aussi, pour sa réplique, se fiait aux traditions les plus sûres.

— Répare-t-on l'honneur ? interrogea sombrement don Pasquale.

— Je veux l'épouser, rétorqua Gennariello.

Ce propos venait trop tôt. Quoique déjà résigné aux suites inévitables de cette affaire, don Pasquale avait encore deux ou trois petites choses à dire.

— Elle est déshonorée, reprit-il. Ma fille ! La lumière de mes yeux...

Les épaules pliées sous le poids du destin, il avait pris sa tête entre ses mains.

— Il fallait bien, dit Gennariello qui, ses deux répliques essentielles formulées, ne savait plus très bien comment continuer.

— Malheureuse ! dit Pasquale en s'adressant à sa fille. Ne pouvais-tu résister ?

— Ils étaient deux, papa, dit Nunziatina.

— Ma fille ! reprenait Pasquale. Je l'avais élevée pour en faire la consolation de mes vieux jours et je la retrouve dans le lit d'un misérable.

Gennariello leva l'index.

— Don Pasquale, dit-il, regardez autour de vous.

Don Pasquale promena autour de lui un œil globuleux.

— Je regarde, dit-il d'une voix profonde. Je ne vois que le déshonneur, la boue, la fange, l'ordure.

— Mais pas de lit, enchaîna Gennariello. Je n'ai pas emmené Nunziatina dans ma chambre. Je l'ai emmenée dans mon salon de coiffure et Pietro ne nous a pas quittés.

— Qui oserais-je encore regarder en face ? dit don Pasquale qui n'avait pas écouté.

— Votre fille, don Pasquale, je n'y ai pas touché !

— Tu as déshonoré ma fille et tu n'es pas encore mort ! Ne suis-je donc plus un homme ? s'interrogeait Pasquale, une main levée, l'autre sur son cœur.

— Sauf respect..., dit don Giacinto de sa voix froide.

Don Pasquale se tourna vers lui. Dans une affaire comme celle-là, l'avis d'un *guappo* comme don Giacinto n'était pas à dédaigner.

— Si, devant témoins...

Du bout de sa canne, son long profil froncé de dédain, don Giacinto désignait Pietro et les voisins devant la porte.

— ... Si, devant témoins, ce garçon affirme qu'il n'a pas touché à votre fille, il n'y a pas de dommage, don Pasquale, et un homme d'honneur peut encore très bien l'épouser.

Nunziatina se redressa dans son fauteuil. Ça, c'était la demande en mariage, claire, précise. Et quand un *guappo* se hasarde à demander quelque chose, c'est que, pour lui, la question est déjà réglée. Du côté de la porte, il y eut une rumeur.

— Mais c'est vrai, ça ! s'exclama don Pasquale le visage illuminé.

Il se retourna, apostropha les voisins massés devant la porte.

— Vous avez entendu. Il a juré qu'il n'avait pas touché à ma fille...

Les voisins se regardèrent. En ce qui concerne Nunziatina, l'opinion publique était entièrement acquise à Gennariello. Mais enfin, la gaffe, il l'avait faite. La chose à ne pas dire, il l'avait dite. Et la vérité, c'est la vérité. D'un mouvement conjugué du menton et des mains, le plus vieux voisin indiqua qu'il avait entendu.

— Allons, rentre ! dit don Pasquale à sa fille.

Il l'empoignait par le coude. Nunziatina leva le bras. Gennariello voulut faire un pas vers elle mais don Giacinto se planta devant lui, le regard froid.

— Je le marque ? demanda-t-il à don Pasquale.

La main sur le pommeau de la canne-épée précisait la redoutable portée du propos. Gennariello, effrayé, recula.

— Mais non, laissons tomber, dit Pasquale.

Décidément, la vie de province l'avait bien amolli, don Pasquale.

Un quart d'heure plus tard, l'ordre régnait à Positano. Les voisins étaient rentrés chez eux. Dans le salon de coiffure, l'un debout, l'autre assis, Gennariello et Pietro se regardaient avec accablement. Dans sa chambre, assise sur son lit, Nunziatina pleurait. Un sanglot soulevant encore parfois sa vaste poitrine, mais le visage radieux, Mme Pasquale préparait une tasse de café pour ses deux héros.

— Don Giacinto, dit don Pasquale, vous m'avez fait l'honneur de demander la main de ma fille.

— Don Pasquale, l'honneur est pour moi, rétorqua don Giacinto en touchant son chapeau.

La porte s'ouvrit. Entra le maréchal des carabiniers.

— Maréchal ! s'exclama don Pasquale avec ampleur. La bonne surprise !

Le maréchal avait un peu le même genre de tête que don Pasquale : grosse et large, avec de grandes étendues de joues. Il posa son képi sur la table, s'assit, prit la minuscule tasse de café que lui tendait Mme Pasquale.

— Et votre dame ? reprenait Pasquale. Ah ! la brave femme que vous avez là, maréchal. Et les enfants, ça va ?

— Ça va, dit le maréchal. A propos d'enfants, j'ai su que votre fille avait été enlevée.

— Oui, dit Pasquale, elle a été enlevée par ce petit voyou de Gennariello.

— Je vais l'arrêter, dit le maréchal. Un enlèvement, avec violences... C'est grave.

— Vous avez raison, dit don Pasquale.

Il coula un regard narquois vers don Giacinto. La loi de son côté, on dira ce qu'on voudra, c'était piquant.

— Oui, reprit le maréchal avec un soupir, je vais l'arrêter. Puisque vous le dénoncez...

— Dénoncer ? dit don Pasquale que le terme chatouillait désagréablement. Je ne dénonce personne.

— Ah pardon ! fit observer le maréchal. Si j'arrête Gennariello, c'est uniquement parce que vous le dénoncez. Je n'y ai pas assisté, moi, à cet enlèvement.

— Mais tout le monde l'a vu.

— Tout le monde a vu que, cette nuit, votre fille était chez Gennariello. D'accord. Mais qui me dit qu'elle y a été emmenée de force ?

— Moi, je vous le dis, maréchal !

— Donc, vous dénoncez Gennariello...

Don Pasquale coula vers don Giacinto un nouveau regard, mais cette fois chargé de perplexité. Dénoncer ? Lui ? Lui, don Pasquale, le *guappo ?* Le *guappo* rend sa justice lui-même. En aucun cas, il ne dénonce. En aucun cas, il n'a recours à la police. Et devant don Giacinto, par-dessus le marché ! Devant don Giacinto qui se tenait là, sévère comme la conscience. Devant don Giacinto qui irait peut-être le raconter à Naples... Non, cela n'était pas possible.

— Maréchal, je ne dénonce personne, dit enfin don Pasquale avec solennité.

— Votre fille était cependant, cette nuit, chez Gennariello ?

— Oui.

— Elle y est donc allée de son plein gré...

— Ma fille ! rugit don Pasquale.

— Si vous me dites qu'elle n'y est pas allée de son plein gré, cela signifie que vous dénoncez Gennariello.

Un souffle passa. C'était celui de Corneille. Don Pasquale était pris entre deux honneurs : le sien et celui de sa fille. Le sien qui lui interdisait de dénoncer, celui de sa fille qui lui interdisait d'être allée, librement, en pleine nuit, chez un homme.

Don Pasquale n'hésita pas longtemps. L'honneur d'une fille se répare. Celui d'un *guappo* ne se répare jamais.

— Ma fille est allée chez Gennariello de son plein gré, articula-t-il avec effort.

Des paupières, don Giacinto approuva. Le maréchal se leva, prit son képi.

— Alors, je n'arrête pas Gennariello ?

— Non, dit Pasquale.

— Bon, dit le maréchal.

Il était déjà près de la porte. Il se retourna.

— Je n'aurais pas cru cela de votre fille, don Pasquale. En pleine nuit, chez un célibataire...

— En pleine nuit ! protesta don Pasquale. Elle n'y est pas restée dix minutes.

Le maréchal eut une expression gaillarde.

— En dix minutes, on fait bien des choses, don Pasquale. Et si vous n'aviez pas couru derrière elle, combien de temps serait-elle restée, pouvez-vous me le dire ?

— Gennariello m'a donné sa parole...

De gaillard, le large visage du maréchal se fit sceptique et amusé.

— Ah, si vous croyez Gennariello, c'est autre chose. Vous trouvez votre fille chez un homme, la nuit, on vous dit qu'il ne s'est rien passé et vous le croyez... Don Pasquale, vous êtes un ingénu.

Un ingénu ? Don Pasquale en eut le souffle coupé.

— Qu'est-ce que vous voulez ? reprenait le

maréchal. Si les gens me demandent pourquoi je n'arrête pas Gennariello, je serai bien forcé de leur répondre qu'on n'arrête pas un homme parce qu'une jeune fille, librement, lui a fait une petite visite...

— Don Giacinto va l'épouser, trancha don Pasquale qui commençait à s'énerver.

— Don Giacinto ? rétorqua le maréchal avec un étonnement très bien imité. Ah, mes compliments ! Cela arrange tout. Je ne savais pas qu'à Naples les hommes d'honneur épousaient les filles qu'on a trouvées la nuit chez un autre homme.

Don Giacinto se souleva à moitié sur sa chaise. Mais don Pasquale, lui, se levait tout à fait et il abattit son gros poing sur la table.

— Alors c'est Gennariello qui l'épousera, dit-il avec force.

— Hé, dit le maréchal. Il faut voir s'il voudra encore.

— Comment ! S'il voudra encore...

— Don Pasquale, il faut comprendre. Une fille compromise... Une fille qui court la nuit chez les hommes...

— Je saurai bien l'y forcer, moi ! hurla Pasquale.

Le mariage a eu lieu jeudi dernier. Ce fut une très jolie fête et Nunziatina était charmante sous son voile blanc. L'assemblée était bien un peu hétéroclite : les amis de don Pasquale, les amis de Gennariello, le maréchal des carabiniers, une délégation des *guappi* napolitains. Bah, ils ont fini par très bien s'entendre. Au dessert, don Giacinto a chanté *Maruzella.* Il a une voix agréable. On n'aurait pas cru, avec sa tête d'Espagnol.

La maman d'Énée

Qu'on imagine une ruelle de Naples. Cette indication, je pense, est suffisante et on me dispensera d'une description qui serait oiseuse. Naples compte aussi, bien entendu, des artères plus larges. Celle dont je parle était exactement pareille à toutes les ruelles napolitaines dont, depuis cent ans, nous ont successivement régalés les aquatintes, les lithographies et le cinéma. En pente roide, étroite comme un couloir, bordée de hautes mais lépreuses façades, encombrée comme un étang asséché, chacun des riverains s'en servant aussi pour disposer qui son éventaire, qui son brasero, qui ses chaises ou sa descendance. Au ras de la rue, de plain-pied, les *bassi,* ces pièces du rez-de-chaussée, la porte toujours béante et où, en passant, on aperçoit dans la pénombre un lit de cuivre, une femme qui donne le sein et le lumignon devant l'image de la Madone.

Dans la rue dont je parle, un de ces *bassi* était occupé par un certain Gennaro, lequel y avait installé son commerce de légumes. En débordant, lui aussi, bien entendu. Piments, poivrons, tomates, tout cela rejoignait ou presque la ferraille du négociant d'en face. L'un gouvernant son hétéroclite troupeau de vieux pots, vieux tuyaux, vieilles casseroles, l'autre trônant au milieu de ses menus biens de Dieu, l'un maigre comme ses clous, l'autre fort gras, tous les deux toujours assis et s'éventant pendant six mois de l'année, le ferrailleur et Gennaro passaient le plus clair de leur temps à discourir du monde, de son train et de la folie des hommes. Le ferrailleur n'avait pas six clients par mois. Quant à Gennaro, il laissait les ménagères se servir elles-mêmes et se contentait d'encaisser la monnaie, en s'épongeant.

Ce Gennaro jouissait dans le quartier d'une forte considération. D'abord parce que, vendant quelque chose de comestible, maître de faire ou non crédit et le prochain marchand de légumes étant assez loin, il régnait sur un certain nombre de frichtis du voisinage. Ensuite pour l'évidente prospérité de ses affaires. Un autre se fût contenté du *basso* pour y caser non seulement ses légumes mais sa femme, ses enfants et quelques cousins. Gennaro, lui, ne s'en servait que pour son négoce et il disposait, à l'étage au-dessus, pour les siens, de deux belles pièces. Enfin à cause de son oncle, un oncle de sa femme pour être plus précis, don Ferdinando, homme encore vert et qui était huissier dans un journal. De temps en temps, à des fins de prestige, Gennaro dépêchait à son oncle un galopin chargé de quelque commission extrêmement peu urgente. Le galopin, chaque fois, ramenait de son expédition des détails presque incroyables. Non seulement don Ferdinando siégeait dans un superbe immeuble, dont le hall seul était large comme trois fois la rue, mais — comble de prévenance et qui en disait long sur l'importance de ses fonctions — on l'y avait installé dans une cage de verre, parfaitement, comme la Madone, avec une table, une banquette et même un téléphone, un téléphone pour lui tout seul, dont il se servait pour interpeller le directeur et se concerter avec lui sur l'accueil à réserver aux visiteurs.

Ces détails, abondamment commentés, faisaient de don Ferdinando un personnage et lorsque, le soir, il venait en visite chez son neveu, c'était sans timidité (tu vois bien des choses à Naples et bien des gens ; pas un timide) mais avec une nuance marquée de déférence que les notables du quartier l'interrogeaient sur la politique extérieure et les desseins secrets du gouvernement. Car ce diable d'homme avait su pousser l'entregent jusqu'à se faire employer par un journal gouvernemental. Notez que lui-même était monarchiste et même fort intransigeant sur la question. Ce trait couronnait sa gloire. « Un vrai homme d'État, don Ferdinando, disait-on. Non seulement il appartient au gouvernement mais il le roule. » Et la chose, dans le quartier, avait fait plus pour la cause monarchiste que dix comices. Pouvait-on raisonnablement penser que durerait longtemps une république assez gauche pour payer un de ses adversaires ?

Telle était donc la situation de Gennaro lorsque la Madone, pour la cinquième fois, bénit son foyer. Cette fois, après quatre garçons, ce fut une fille. De son tabouret, au milieu de ses poivrons, Gennaro consulta les notables et un bon cent de ménagères pour arriver à la conclusion qu'on la dénommerait Lavinia.

Le baptême fut somptueux. Lorsque le cortège sortit de l'église où, sous les traînées grisâtres, transparaissait encore avec force un rose pourrissant, Gennaro put contempler avec orgueil une foule assez considérable d'où, à l'adresse du nouveau-né pourtant complètement emballé, fusaient les exclamations pâmées des femmes et les coups de sifflet des galopins. La fête dura deux jours pleins et, le troisième, en rouvrant son négoce, Gennaro y disposa une banderole informant sa clientèle que, vu l'événement, il consentirait sur ses produits, pendant toute la journée, un rabais de dix pour cent. Bien entendu, tout le monde put se rendre compte qu'auparavant il avait soigneusement revu ses prix. Il n'empêche, le geste fit une forte impression et, devant un tel faste, don Ferdinando eut quelque vergogne de n'avoir apporté au baptême que le cadeau de sa présence. Pour se racheter, il déclara devant témoins que, foi d'honnête homme, il ferait annoncer cette naissance dans son journal. Il y eut une rumeur d'admiration. Dans le journal ! Comme le Prince de Naples ! La gloire lui ayant sans doute monté à la tête, un collatéral suggéra qu'on pourrait même y ajouter une photographie. Avec raison, don Ferdinando fit observer que telles n'étaient pas les coutumes dans la presse. D'ailleurs, à cet âge, un enfant n'a pas d'expression. Que voulait-on que le public lût sur ses traits ? On en convint.

Don Ferdinando, en l'occurrence, n'avait pas parlé dans le vide. A diverses reprises, il avait eu l'occasion de rendre quelques services à un rédacteur qui, pour s'être vu confier la rubrique dite de la vie à Naples, s'intitulait volontiers chroniqueur mondain. Le principal de ces services consistait à se rendre à une certaine heure et dans une certaine rue pour y guetter à une certaine fenêtre l'apparition d'un pot de basilic, lequel signifiait que ledit chroniqueur mondain pouvait, en toute sécurité, se présenter chez la dame de ses pensées, mission coupable dont le vertueux mais sensible Ferdinando s'acquittait avec une pointe de remords et un secret bonheur.

Dès le lendemain, entre deux pots de basilic, il s'ouvrit de son dessein au chroniqueur.

— Comment donc ! dit celui-ci.

Et, d'une plume agile, sur un bout de papier qui traînait, il traça les deux lignes qui suffisaient à résumer jusqu'à présent le destin de la petite-nièce de don Ferdinando. A quoi, pour y mettre quelque ragoût et dans un bel élan de culture classique, il ajouta : « Les heureux parents ont voulu lui donner le nom de la mère d'Énée : Lavinia. »

A l'arrivée du journal, le lendemain, ce fut tout juste si, dans le quartier, il n'y eut pas des illuminations. Ainsi donc, c'était vrai ! L'habile Ferdinando avait réussi. On parlait de Lavinia dans le journal. La gloire en rejaillissait sur tout le quartier. De bouche en bouche, de geste en geste, la nouvelle volait. Chacun voulait avoir son journal. Bientôt alertés, trois crieurs sillonnèrent la rue. Pour sa part, Gennaro acheta soixante exemplaires dont vingt-huit furent aussitôt, par ses soins, mis sous bande et envoyés aux divers parents et amis qu'il possédait à Naples, à Castellamare, à Cosenza et jusque dans la lointaine Philadelphie. Après quoi, fermant boutique pour la journée et escorté de vingt attentifs, il ne s'occupa plus que de promener son triomphe et les trente-deux exemplaires qui lui restaient.

— Vous avez vu ? Ma fille ! Dans le journal !

Chacun le félicitait. Ce n'étaient plus que brouhaha, gesticulations, visages rayonnants, discussions passionnées. A quel destin n'était pas promise une enfant dont la seule naissance déjà préoccupait l'opinion publique ? Elle deviendrait au moins une vedette. Un bien informé citait des chiffres.

— Il paraît que la Magnani prend cent millions par film.

— La Magnani ! *Ma vai !* Celle-ci sera Greta Garbo.

Cent millions ! L'heureux père vacillait. Déjà, il en avait l'emploi. Mais d'autres prédisaient plutôt un superbe mariage avec un duc, un armateur, un Américain. Déjà, dans sa chambre encombrée de commères flatteuses, la femme de Gennaro s'essuyait les yeux en pensant au jour où elle verrait sa fille s'en aller au loin avec un étranger couvert de bagues.

— C'est si loin, l'Amérique...

— Vous irez la voir. Avec les avions, ce n'est plus rien.

Une avisée faisait remarquer que ces avions sont très courus et qu'il convient de s'y prendre à temps pour réserver sa place. « Sinon, tu restes là et l'avion part. »

Cependant, à force de lire et de relire l'entrefilet, à force de le réciter et d'en peser les termes, quelques sagaces finirent par discerner dans ce texte quelque chose qui, à leur sens, n'allait pas. Ce n'était pas la première phrase, non. Elle était lourde d'honneur, non de sous-entendus. C'était la seconde : « Les heureux parents ont voulu lui donner le nom de la mère d'Énée. » Qu'est-ce que cela voulait dire ? Les unes après les autres, les mains tapaient sur le journal déployé, s'élevaient en bouquets à la hauteur du menton, se balançaient en d'anxieuses interrogations. Qui était cet Énée ? Que venait-il faire dans cet événement qui, apparemment, ne le regardait en rien ? Il est peut-être utile de préciser ici que, si Énée et Lavinia ne sont pas des prénoms d'un usage courant, ils n'ont rien d'extravagant. Il y a des hommes qui se prénomment Énée. Quel était celui auquel faisait allusion le journal ? Et pourquoi cette allusion ? Ce n'était pas le parrain pourtant. Le parrain était connu. Était-ce quelque cousin ? Lequel ? Un fait était là : parlant de Gennaro, de Clementina, sa femme, et de Lavinia, leur fille, le journal avait cru nécessaire d'évoquer Énée. S'il l'avait fait, c'était, de toute évidence, qu'il y avait quelque raison. Et une bonne raison, on pouvait le penser. Les journaux ont leurs sources d'informations, leurs agents, leurs reporters. Ils savent tout ce qui se passe. Pourquoi alors ne pas s'expliquer plus clairement ? Mais on sait comment sont les journaux. L'allusion est leur procédé favori. Il s'agit de comprendre, de deviner à demi-mot, de lire entre les lignes. Et encore une fois, qui était cet Énée ? Un homme assez important certainement puisqu'on pouvait se contenter de le désigner par son prénom. Entre parenthèses, voilà qui expliquait l'annonce de la naissance. Certes don Ferdinando s'en était attribué tout le mérite. Mais enfin, sans d'ailleurs y attacher d'importance, on n'avait pas oublié que, l'année précédente, don Ferdinando avait annoncé le retour du roi pour le samedi suivant. Le samedi était passé depuis longtemps. « Et, d'autre part, fit encore observer quelqu'un, quel nom donne-t-on généralement à une petite fille ? Celui de sa grand-mère. N'est-ce pas ? » Mais si Lavinia était la grand-mère de celle-ci, il s'ensuivait que cet Énée était son père, son vrai père. Une rumeur bientôt courut : Clementina avait un amant, cet amant s'appelait Énée, il était le père de la petite Lavinia...

Cette nouvelle ne suscita d'abord que pitié. Pauvre Gennaro ! Il ne méritait pas ça. Lui qui était plutôt bel homme. Les jours suivants, cette pitié s'orienta doucement vers le sarcasme. Aussi bien Gennaro parlait-il un peu trop souvent de sa fille et de l'écho que sa naissance avait trouvé dans la grande presse. Toujours à brandir son journal, à interpeller les passants, à leur lire pour la vingtième fois le fameux entrefilet (qu'il avait même collé sur la porte de son magasin). Quelques jeunes étourdis commencèrent à ricaner. Entraîné par l'exemple, un plus vieux risqua une allusion. Gennaro, bien entendu, restait de bois. Il y eut des phrases plus précises. Elles le trouvèrent impavide.

Cela aurait pu durer longtemps si, un après-midi, jouant à la *morra giapponese* (cela se joue à deux. Au signal donné, chacun des partenaires lance devant soi et à son choix soit le poing fermé, soit la main ouverte, soit deux doigts. Ces deux doigts sont les ciseaux, le poing est la pierre, la main une feuille de papier. La feuille bat le poing. Le poing bat les ciseaux. Les ciseaux battent la feuille), si donc, jouant à la *morra* avec un acariâtre, cheminot de son état, Gennaro n'avait réussi une suite étonnamment brillante. Au sixième coup, l'acariâtre grommela. Au septième, l'œil soupçonneux, il braqua les deux doigts. Malheur, Gennaro avait tendu le poing. Il gagnait encore. Devant cet excès de chance, l'acariâtre perdit toute retenue.

— Ce n'est pas étonnant ! Cornu comme tu l'es.

Gennaro sourit comme à une plaisanterie rituelle et sans conséquence. L'acariâtre en blêmit.

— Cornu, je te le dis. Tout le monde le sait. La Clementina te fait cornu.

Toujours sur son tabouret et de bas en haut, Gennaro leva les yeux vers les attentifs qui suivaient les vicissitudes de la partie. L'un après l'autre, les visages se détournèrent.

— C'est vrai ? demanda Gennaro d'une petite voix assez inattendue.

Son regard passait sur tous les présents. Le premier haussa les épaules. Le deuxième haussa à la fois les épaules et les mains. Le troisième eut une moue indécise. Gennaro se tourna vers le boucher, homme sérieux et auquel le liait une certaine solidarité alimentaire.

— Et toi ?

— C'est dans le journal, dit le boucher.

— Dans le journal... Quel journal ?

Chose curieuse : ce fut une expression béate qui d'abord monta à la surface du gros visage de Gennaro. Qui était-il donc pour que la presse annonçât non seulement la naissance de ses enfants mais encore ses malheurs conjugaux ? Il déchanta en apprenant que les deux ne faisaient qu'un et que son malheur se trouvait dans le même entrefilet que la naissance. Quoi ? Trois lignes et demie pour le tout ? Puis, brusquement :

— Mais je n'ai pas lu ça !

Là, ce fut un déluge de paroles. Et l'allusion à Énée ? Ne l'avait-il pas remarquée ? C'était clair pourtant... D'un seul mouvement, tout le groupe fit un pas vers l'entrefilet collé sur la porte.

— Là, tu vois bien. Le nom de la grand-mère...

Le vain écran de la gloire disparu, Gennaro vit soudain son malheur.

— Je la tuerai, dit-il.

Le propos fut pris sans émotion. L'assassin, à Naples, ne se porte pas beaucoup plus que le timide.

Écartant le cercle qui l'entourait (et non sans avoir, du regard, confié au ferrailleur la surveillance de ses légumes), Gennaro monta chez lui. Il y trouva Clementina donnant le sein à Lavinia. Posément, Gennaro remit l'enfant dans son berceau et, à tout hasard, sans grande conviction et plutôt parce qu'il ne savait par où commencer, il se mit à battre sa femme. Pas longtemps d'ailleurs. Les mains aux joues, hurlant d'épouvante, Clementina tournait autour de la table et, corpulents tous les deux, ces deux grands corps, là, dans cette petite pièce, ça n'allait pas. Gennaro entra dans le vif du sujet.

— Qui est Énée ?

— Énée ?

Encore effrayée, Clementina faisait du zèle, fronçait les sourcils, se mordait les lèvres et, le regard dans le vide, elle feuilletait ses souvenirs d'un œil véloce.

— Énée ? Je ne connais aucun Énée.

— Mais c'est ton amant ! Tu m'as trompé ! Tout le monde le sait. Tout le quartier. Même le journal !

Gennaro en empoignant un exemplaire (il en traînait partout).

— Regarde ! C'est imprimé. En toutes lettres. La mère d'Énée. Pourquoi aurais-tu appelé cette enfant Lavinia si son fils n'était pas son père ?

Sans les gestes, cette phrase peut paraître obscure.

— Mais c'est toi qui as voulu l'appeler Lavinia.

— C'est moi ?

Pour s'interroger sur ce point, Gennaro s'assit. Clementina en profita pour se lancer dans un discours véhément. Te tromper ? Moi ? Jamais je ne t'ai trompé, Gennaro. Une main sur sa poitrine considérable, l'autre attestant successivement l'image de la Madone et le portrait du roi, Clementina protestait de son innocence, rappelait leurs jours heureux, soulignant que son obésité, le ménage à faire, les enfants, tout cela, à son sens, devait constituer une preuve suffisante non de sa fidélité (on a vu de plus corpulentes courir la prétentaine) mais au moins de son immobilité, ce qui, en l'occurrence, revenait au même. Sauf pour la fête de Piedigrotta, où d'ailleurs son mari l'accompagnait, il y avait bien sept ou huit ans que Clementina n'avait plus dépassé le coin de la rue. Dans ces conditions, où l'aurait-elle rencontré, cet amant ? L'aurait-elle reçu chez elle ? Avec Gennaro en permanence au pied de l'escalier ? Où l'aurait-elle caché ? Dans un beau mouvement oratoire, elle ouvrait les deux armoires, montrait que l'une était bourrée et l'autre trop exiguë.

— Mais ce que raconte le journal ?

— Calomnie, dit Clementina.

Cette idée avait quelque chose d'acéré qui la fit pénétrer comme une flèche dans le cerveau de Gennaro. Lui monarchiste, le journal républicain, la manœuvre était évidente. Sous ses yeux éblouis, Gennaro en voyait tout le mécanisme : par l'annonce de la naissance, on le compromettait ; par l'annonce de son malheur, on le déconsidérait. Coup double et le tout en trois lignes et demie. Oh, ces démocrates-chrétiens sont des démons !

— Calomnie, c'est évident, dit-il. On a voulu avoir ma peau.

Et sans prendre vent, sans même se mettre une cravate, il courut au journal. Là, dans la cage de verre, il se concerta avec don Ferdinando. La thèse de la calomnie politique trouva malheureusement celui-ci incrédule. Il avait des raisons de penser que, dans ce domaine, les convictions du chroniqueur mondain étaient plutôt tièdes.

— Tu sais, il n'est pas du tout démocrate-chrétien. Il fait semblant. C'est un malin.

Mais peut-être était-ce quelque sicaire qui, dans l'ombre, avait ajouté la phrase ? Non, l'oncle en pouvait témoigner, c'était le chroniqueur mondain lui-même qui l'avait tracée.

— Mais alors pourquoi ?

— Eh, je me le demande, dit l'oncle.

Puis, balançant la tête, comme un homme qui découvre un abîme du cœur :

— Ce sera un ami ? A qui il aura voulu faire un peu de propagande ?

L'hypothèse laissa Gennaro pantois. Après un moment d'indécision, don Ferdinando prit la situation en main et, fort de ses pots de basilic, il trancha :

— Allons le lui demander.

L'un suivant l'autre, ils pénétrèrent dans la salle de rédaction. Le chroniqueur mondain n'y était pas. Il était chez le directeur. Mais il allait revenir. En l'attendant, Gennaro contempla avec respect cette vaste pièce où traînaient, en quantités semblait-il égales, des papiers, des mégots et des téléphones. Le chroniqueur arriva enfin. Il portait un de ces costumes de toile qui, lorsqu'ils ne sont pas repassés, donnent à l'individu le plus respectable un air de médecin marron réfugié dans quelque lointaine colonie pour y sombrer dans l'ivrognerie. Ajoutez que le chroniqueur n'avait déjà rien de respectable. Un visage exténué, des rides verticales dans les joues. Gennaro lui exposa son cas. L'autre se mit à rire (toujours d'un air exténué).

— Mais Énée est un héros de l'antiquité...

— Ah ! ah ! dit Gennaro attendant la suite.

— Ce n'est qu'une allusion littéraire. Vous avez cru que... Mais Énée est mort (à toutes fins utiles, Gennaro prit une expression navrée). Il est mort depuis... je ne sais pas... depuis des siècles. Depuis quand est-il mort ? Énée, vous savez bien...

Il prenait à témoin deux collègues qui se trouvaient là, l'un à se limer les ongles, l'autre à ne rien faire. Énée, parfaitement, ils ne connaissaient que ça. Un héros de l'antiquité. Un Romain. Depuis quand était-il mort ? Depuis deux mille ans, dit l'un. Bien plus, dit l'autre. Mort en tout cas depuis trop longtemps pour qu'on pût le soupçonner d'une intrigue avec Clementina. On alla chercher un dictionnaire. Une gravure y montrait ledit Énée s'arrachant des bras d'une femme qui, quoique plantureuse, n'avait de toute évidence rien de commun avec Clementina.

— D'ailleurs, tu vois, il la quitte, fit même observer don Ferdinando.

Malgré ce luxe de détails — et on ne sait trop pourquoi — l'explication ne satisfit pas entièrement Gennaro. Elle satisfit encore bien moins le quartier lorsque, revenu à ses légumes, Gennaro, aux attentifs accourus, fit le narré de sa visite. Jusque-là, il avait encore quelques défenseurs et l'honneur de Clementina avait trouvé quelques paladins. Ils les perdirent. C'était trop bête aussi. Un héros de l'antiquité ? Allons, allons, pourquoi pas Jules César ? Ou Gennaro se moquait du monde ou il était un fameux naïf. Et d'abord, si cet Énée était mort, et depuis si longtemps, pourquoi en parler ? Pourquoi l'allusion ? Il s'agissait d'un autre, vraisemblablement. Tout ce qu'on en voulut retenir, c'est que l'amant de Clementina n'était même pas un Napolitain. Cette dévergondée avait été s'affubler d'un Romain. Des explications de Gennaro, il semblait même résulter qu'elle l'avait arraché à une autre femme qui, elle, était peut-être libre, qui avait le droit en somme, qui en souffrait probablement. Toute la soirée et dans toute la rue, il y eut des conciliabules. Le lendemain, en ouvrant le magasin, Gennaro trouva sur la porte une inscription insultante. Le surlendemain, il y en eut une autre, facétieuse. Dans le courant de l'après-midi, étant allé au bar pour son quatrième café de la journée, il dut subir pour la quatrième fois un jeu de mots intraduisible en français et fondé sur l'homonymie qui existe en italien entre le bec de la cafetière et l'état de mari trompé. En rentrant chez lui, il trouva Clementina en larmes. Comme elle était sortie pour quelques emplettes, un galopin avait eu le front de lui crier que son Énée l'attendait au coin de la rue. Elle n'avait pas fini ses doléances que, d'une fenêtre proche, une voisine se mit à commenter en termes orduriers l'existence de cet Énée qui, quoique mort, était encore capable de faire des enfants à celles qui voulaient bien s'y prêter. En ces quelques jours, d'ailleurs, Énée était devenu une des figures populaires du quartier et on en parlait couramment, de préférence lorsque Gennaro se trouvait à portée de voix. Don Ferdinando lui-même ne fut pas épargné et, un soir, lors d'une de ses visites, un goguenard lui demanda s'il n'était pas question d'Énée pour la prochaine combinaison ministérielle.

Cette situation évidemment devenait intolérable. Gennaro s'en ouvrit au boucher qui continuait à lui montrer quelque amitié. Celui-ci conseilla d'envoyer au journal un droit de réponse. Gennaro trouva l'idée excellente et s'empressa de la claironner partout. Les mauvaises langues se turent mais pour reprendre de plus belle lorsque, après trois jours, il fut avéré que le journal ne publiait pas le droit de réponse. L'affaire désormais était entendue. Si le journal ne publiait pas la rectification, c'était que l'information était exacte. Gennaro alors eut recours à un ultime moyen. Il retourna chez le chroniqueur mondain, sut trouver des accents pour l'émouvoir. Le chroniqueur vint faire un tour dans le quartier. Escorté de Gennaro, il interpella quelques notables, leur fit observer que la phrase sur Énée, c'était lui qui l'avait écrite, qu'il savait donc de quoi il retournait et qu'il pouvait assurer que cet Énée n'était rien pour la vertueuse Clementina. Après quoi, Gennaro l'invita à visiter son modeste intérieur.

La manœuvre réussit au-delà de tout espoir : il fut désormais acquis que non seulement cet Énée existait bien mais qu'il était assez osé pour rendre visite à Clementina en plein jour et en présence du mari. On s'expliquait tout maintenant : la prospérité de Gennaro, l'annonce de la naissance, la brillante situation de don Ferdinando. La moquerie fit place à l'indignation, les sarcasmes aux insultes. Le quartier allait-il supporter une aussi impudente immoralité ? Bref, Gennaro a dû déménager. En pleine crise du logement, cela n'a pas été commode. Mais il a fini par trouver quelque chose. Du côté du port. Où il est toujours marchand de légumes.

Il est à noter que, tout au long de cette histoire, personne n'avait songé à remarquer que Lavinia était non la mère mais la femme d'Énée. La culture classique du chroniqueur mondain était assez incertaine.

Le timbre-poste

Étant, de toute évidence, un garçon d'avenir, sérieux, parfaitement capable de devenir un jour sous-directeur, le jeune Vittorio Scognamiglio, après deux ans passés derrière les guichets d'une banque à Aversa, sa ville natale, avait été envoyé en stage au siège central de la banque, à Rome, afin d'y être initié aux secrets, manipulations, us et coutumes de la haute finance.

Nous ne nous attarderons pas à décrire son bonheur. Bien que, comme on l'a déjà dit, Vittorio fût un employé sérieux, capable, apprécié par ses chefs, bien qu'à vingt-trois ans il eût donc déjà son poids dans la vie, il avait, jusque-là, vécu chez ses parents et, en quelque sorte, dans leur ombre. Ce n'était pas qu'il en souffrît. Outre qu'il aimait ses parents, Vittorio, on se tue à le dire, était un garçon sérieux. Le cinéma tous les samedis, le café le dimanche après-midi, voilà qui lui suffisait. Pour le reste, il passait très bien ses soirées entre son père et sa mère, en été sur le pas de la porte, à deviser avec les voisins ou à regarder les voitures qui allaient à Naples ; en hiver, à lire ou à ranger sa collection de timbres-poste, régulièrement enrichie par les soins d'un de ses oncles, steward à bord d'un paquebot et qui en franchissait, des équateurs ! Non, Vittorio n'en souffrait pas.

Mais enfin, on a beau dire, la liberté, c'est autre chose. Au départ d'Aversa, Vittorio Scognamiglio n'était encore qu'un jeune homme accablé de recommandations, de chaussettes de laine et de gilets de corps. A l'arrivée à Rome, sous l'immense verrière de la gare, il n'était plus un jeune homme. Quelque chose de l'âme aventureuse de son oncle venait de se réveiller en lui. Superbe, il prit un taxi, le premier de sa vie. Ce taxi, c'était l'adieu à sa jeunesse.

Le jour même, il s'occupa de trouver une chambre meublée. La première qu'il visita ne lui plut pas : la propriétaire, visiblement, était bavarde et indiscrète. La deuxième ne lui plut pas davantage : à trois heures de l'après-midi, la propriétaire était encore en peignoir et, garçon sérieux, Vittorio en conçut des doutes tant sur sa vertu que sur ses qualités ménagères. Il arrêta enfin la troisième : la propriétaire n'avait montré pour lui qu'indifférence. D'Aversa à Rome, Vittorio avait appris que l'indifférence d'autrui est cousine germaine de la liberté.

Ses affaires rangées, il sortit, impatient de voir les beautés de la capitale. Il ne les vit pas, s'étant trompé d'autobus et ayant échoué dans le quartier de la piazza Crati où il arpenta longuement de larges avenues, bien bâties si l'on veut mais sans éclat particulier. Il dîna de deux sandwiches dans un bar et rentra chez lui. Sa chambre était immergée dans la nuit, dans le silence. Un moment, Vittorio regretta les paisibles commentaires de sa mère, les fâcheries de son père, lequel, homme juste, ne pouvait lire un journal sans piquer quelques colères. Ce désarroi ne dura qu'un moment. Couché sur son lit-divan étroit, Vittorio se sentait encore soulevé par le vent furieux, par l'exaltante rumeur qui l'avaient accueilli au sortir de la gare de Rome.

Ce qui fait que, huit jours plus tard, sur sa lancée, Vittorio était amoureux. Libérez un homme, il devient amoureux, cette loi est constante. Jusque-là, cependant, avec les jeunes filles, Vittorio s'était toujours montré timide. On cesse d'être timide lorsqu'on sent bruisser autour de soi les ailes de la liberté. A la banque, il avait plaisanté avec quelques demoiselles dactylographes. L'une d'elles, séduite par cette belle humeur, l'avait informé que, le samedi soir, elle retrouvait quelques amis dans un modeste dancing. Le samedi, Vittorio mit sa plus belle cravate et y courut. Il y fit la connaissance d'une jeune personne, propre cousine du fiancé de la demoiselle dactylographe. Cette jeune personne s'appelait Silvia. Elle était fort jolie, brune, les cheveux sombres, le nez droit, de grands yeux noirs, des cils, ah, des cils ! longs, soyeux et qu'elle faisait battre pour chaque phrase. Ce qui veut dire qu'ils battaient souvent, cette Silvia parlant beaucoup, avec assurance et sur un petit ton net, décidé. A la première danse, Vittorio lui fit compliment de ses yeux. A la deuxième, de sa robe. A la troisième danse, ils s'aimaient. Cela tombait bien : la troisième danse était un tango. Les garçons sérieux, généralement, dansent bien le tango. Par une délicate attention, le propriétaire du dancing avait baissé les lumières. Dans l'ombre, la joue de Silvia effleura celle de Vittorio. Lequel murmura :

— Nous pourrions aller au cinéma, un de ces soirs.

— C'est une idée, dit Silvia de sa voix posée.

— Quand ?

— Mercredi.

Le mercredi, ils allèrent donc au cinéma. Silvia portait un très joli manteau couleur sable, avec une grosse ceinture. Le film étant comique, elle rit. Cela lui allait bien, de rire. Cela détendait son visage un peu trop composé. Le samedi soir, ils retournèrent au dancing. Le dimanche après-midi, ils firent une longue promenade, montèrent jusqu'en haut du Janicule et, de là, pensivement, la main dans la main, ils contemplèrent Rome à leurs pieds. Sous le soleil de novembre, les façades étaient roses, gris-argent ou jaune pâle. Au loin, dominant les toits, le grand rectangle ocre et les pins parasols de la Villa Médicis. A la droite de Vittorio, débarqués d'un autocar, des touristes anglais s'exclamaient. A la gauche de Silvia, c'étaient des Suédois. Qui s'exclamaient aussi, l'appareil photographique sur la poitrine, la tête penchée, comme pour un *mea culpa.* Au milieu de ces voix étrangères, Vittorio et Silvia écoutaient battre leur cœur.

La semaine suivante fut pareille à la précédente. Sauf que, pour le cinéma, cette fois, ils n'attendirent que jusqu'au mardi. L'amour, comme on sait, est une passion impatiente. Sauf qu'ils se revirent aussi le jeudi. L'amour est une passion exigeante. Sauf enfin que, le samedi, au dancing, lorsque Vittorio proposa un rendez-vous pour le lendemain (il en parlait déjà comme d'une chose qui allait de soi, faisant porter sa question non plus sur le principe mais sur l'heure et le lieu), Silvia lui dit :

— A trois heures. Mais tu viendras me chercher à la maison. J'ai parlé de toi à mes parents. Ils veulent te connaître.

Elle avait eu, pour dire cela, son petit ton net, froid, heureusement corrigé par un joli battement de cils. Quoique né à Aversa, ville modeste, Vittorio n'était pas tombé de la dernière pluie. Il comprit fort bien à quoi rimait cette invitation et n'en éprouva aucun effroi. Pendant toute la semaine, il avait eu le loisir de s'interroger. Il aimait Silvia. Il aimait ses yeux, ses cils et même ce petit ton décidé qui, à d'autres, eût pu donner à penser. Ils se marieraient. Ils seraient parfaitement heureux. Vittorio en avait même déjà touché un mot dans une lettre à sa mère.

Les parents de Silvia habitaient via 21 Aprile, au sixième étage, dans un appartement assez petit mais tout neuf, étincelant, à grandes baies. Ils y faisaient une étrange figure. Tous les deux vêtus de noir, elle avec des manchettes de dentelles, lui avec un col à coins cassés, elle parlant autant que sa fille, lui silencieux et solennel, ils avaient l'air de deux provinciaux égarés dans une exposition des arts décoratifs. Un quart d'heure de conversation suffit à expliquer ce désaccord : jusqu'en 1949, M. et Mme Nardone avaient vécu à Sillavongo, dans le Nord, dont ils étaient originaires. M. Nardone y était comptable. L'entreprise qui l'occupait ayant fait faillite, il avait trouvé un emploi à Rome. Mais ils en convenaient tous les deux, elle par d'abondants discours, lui par des hochements de tête douloureux, la vie de la capitale ne leur plaisait pas. Tout ce monde...

— Pensez, Monsieur, dit Mme Nardone avec beaucoup d'âme. Il y a des locataires de l'immeuble que je ne connais même pas.

On la croyait volontiers. Avec ses huit étages et ses trente mètres de façade, l'immeuble devait bien compter trois cents locataires.

L'après-midi étant pluvieux, Vittorio et Silvia restèrent là, à regarder des albums de photographies. De son fauteuil, Mme Nardone commentait les explications de sa fille, égrenait des souvenirs. M. Nardone, lui, ne disait rien. Vittorio non plus. Entre ces deux femmes, d'ailleurs, il eût été difficile de placer un mot. Le mercredi suivant, Vittorio fut invité à dîner. Au dessert, on parla mariage. Vittorio précisa le chiffre de son traitement. Mme Nardone versa quelques larmes.

— Il nous reste à obtenir le consentement de vos parents, dit M. Nardone.

— Oh, ils seront d'accord, assura Vittorio.

— J'aimerais que votre père m'écrive, dit M. Nardone toujours grave. Ce serait plus correct.

— Bien entendu, dit Vittorio. Il va vous écrire, Monsieur.

Le soir même, avant de se coucher, Vittorio écrivit à ses parents. Il sut trouver des accents émouvants pour décrire sa félicité et il terminait en recommandant à son père d'écrire tout de suite à M. Nardone. « Ce sont des gens du Nord. Ils tiennent à ces choses-là. » Par retour du courrier, il reçut une lettre de sa mère le bénissant et un mot de son père l'informant que, sur-le-champ, louant son dessein, il avait écrit à M. Nardone. Enchanté, Vittorio se rendit chez Silvia.

Ce fut pour y trouver des visages longs d'une aune. M. Nardone avait plus que jamais sa tête de prédicateur exténué par les veilles. Mme Nardone s'essuyait les yeux.

— Silvia n'est pas là ? demanda Vittorio.

— Silvia est dans sa chambre, dit M. Nardone. C'est plus convenable. J'ai à vous parler.

— Volontiers, dit Vittorio.

— Votre père m'a écrit, commença M. Nardone sur un ton posé.

— Je sais.

— Une lettre très aimable, d'ailleurs, poursuivit Nardone en indiquant, par une inflexion de la voix, qu'il ne s'agissait là que d'une parenthèse.

— Je le pense bien, dit Vittorio. Il m'a écrit aussi. Il est très heureux.

M. Nardone se leva. Comme il était grand et voûté, le mouvement lui donna de la majesté.

— Comment se fait-il alors, jeune homme, que cette lettre me soit parvenue sans timbre ?

En effet, sur l'enveloppe qu'il tendait, ne figurait que le timbre indiquant que, faute d'affranchissement, la lettre avait été frappée d'une taxe.

— Tiens ! dit Vittorio sans se frapper. Une chance qu'elle soit quand même arrivée.

Devant la mine sévère de M. Nardone, une idée brusquement le frappa.

— Bien entendu, je vais vous rembourser...

Il portait la main à sa poche. La paume levée, une longue paume, comme une trique, M. Nardone l'arrêta.

— Mon traitement est modeste, dit-il. Il me permet cependant de payer la taxe d'une lettre.

— Évidemment, dit Vittorio embarrassé. Je ne pensais pas que... Mais les petits frais imprévus, c'est agaçant.

— Il ne s'agit pas de cela, reprit M. Nardone. La chose est plus grave. Je connais les gens du Sud. Lorsqu'ils ne sont pas d'accord sur quelque chose et qu'ils ne veulent pas le dire, ils écrivent qu'ils sont d'accord mais ils ne mettent pas de timbre.

— Pas de timbre ?

— Pas de timbre, souligna M. Nardone sépulcral. A leur avis, une lettre sans timbre, cela n'engage pas.

Vittorio eut une seconde d'égarement. Mme Nardone en profita pour émettre un bref sanglot et quelques commentaires d'ordre général sur le malheur d'être mère et sur le risque que court toujours une fille à épouser un garçon issu de contrées lointaines.

— Mais c'est absurde ! clama Vittorio enfin revenu de sa stupeur. Je suis du Sud, moi aussi. Je n'ai jamais entendu parler de cette habitude.

— Cela vous honore, jeune homme, car cette habitude n'est pas honnête. Quand on n'est pas d'accord, il vaut mieux le dire, franchement. C'est ainsi que nous faisons, dans le Nord.

— Et c'est ce qu'aurait fait mon père, rétorqua Vittorio. Je le connais. Quand il pense quelque chose, il le dit.

M. Nardone reprit l'enveloppe, la leva devant lui.

— Alors, pourquoi n'a-t-il pas mis de timbre ?

— Il l'aura oublié, tiens !

— Oublié.

M. Nardone eut un ricanement chevalin.

— Oublié ! Pour une lettre de cette importance...

— Ou le timbre s'est décollé...

Là, il était visible que Vittorio avait touché un point sensible.

— Jeune homme, dit M. Nardone, j'ai cinquante-trois ans, dont vingt-neuf passés dans l'administration. Il y a deux choses auxquelles je ne crois plus : les lettres qui se perdent et les timbres-poste qui se décollent. Du reste...

Il se leva, alla jusqu'à son bureau, y prit trois enveloppes.

— Tenez ! Non, non, prenez au hasard, je ne veux pas vous influencer. Prenez une de ces enveloppes et essayez de décoller le timbre.

Vittorio s'y employa. En vain. Les timbres tenaient.

— Vous voyez, dit M. Nardone avec une ironie glacée.

— Cela ne prouve rien, dit Vittorio qui s'énervait. Ceux-ci tiennent précisément parce qu'ils ont été bien collés. Et puis supposons que mon père ait oublié de mettre le timbre. Cela ne change rien à sa lettre.

— Cela change tout. Votre père ne se considère pas comme engagé. Si, si, ils sont comme cela, les gens du Sud.

— Enfin, s'il vous écrit une nouvelle lettre ? Avec un timbre, bien entendu...

— L'affront subsiste, dit M. Nardone funèbre.

Mais Mme Nardone intervint. Certes, comme son mari, elle estimait hautement improbable que le timbre eût pu se décoller et, dans l'ensemble, elle ne le dissimulait pas, l'incident lui paraissait de fâcheux augure. Mais elle était mère et, en cette qualité, elle pouvait comprendre et même excuser que, devant une décision si grave, M. Scognamiglio eût hésité ou qu'en ne mettant pas le timbre, il eût cherché à se ménager une porte de sortie...

— Je vous assure..., disait Vittorio. Mon père est incapable...

Cependant, poursuivait Mme Nardone, il ne fallait pas non plus (pour reprendre ses termes) chercher le cheveu dans l'œuf et, à son humble avis, si M. Scognamiglio écrivait une nouvelle lettre, l'offense pourrait être tenue pour effacée. M. Nardone finit par se rallier à ce point de vue, non sans quelques hochements de menton. Sur quoi, Silvia fut autorisée à sortir de sa chambre et à aller se promener avec Vittorio. L'affaire du timbre-poste fut naturellement évoquée. Silvia, hélas, sur ce point, entrait assez dans les vues de son père et elle y ajouta même une hypothèse plus désobligeante encore.

— Un timbre, cela ne coûte que vingt-cinq lires pourtant. Ce n'est pas si cher...

Vittorio se fâcha. Ils se quittèrent sur des propos peu amènes. Rentré chez lui, Vittorio cependant écrivit tout de suite à son père.

M. Scognamiglio, malheureusement, était de ces hommes qui, pas plus méchants que d'autres, semblent n'être jamais si heureux que lorsque la vie leur donne un prétexte pour s'indigner, pour monter sur leurs grands chevaux et pour se draper dans leur fierté. Sa réponse fut acerbe. De quoi ? Comment ? Pour qui ces gens du Nord se prenaient-ils ? De quel droit se permettaient-ils de soupçonner les gens du Sud ? Était-il homme, lui, à oublier de mettre un timbre ? Non, il avait mis le timbre, il en était sûr et si le timbre s'était décollé, il n'y pouvait rien. Avait-il écrit, oui ou non ? Oui ! Eh bien, il n'avait qu'une parole, une seule, ce qui veut dire qu'il ne la donnait pas deux fois. Non, il n'écrirait pas une nouvelle lettre. Sa dignité le lui interdisait.

Vittorio, jusque-là, avait pris l'affaire assez à la légère. Il commença à s'inquiéter, écrivit une nouvelle lettre à son père, plus émouvante et le conjurant, pour une fois, de faire bon marché de sa dignité. A la fin de la semaine, il n'avait toujours pas de réponse. M. Nardone n'était pas content.

— Et cette lettre ?

— Elle arrive, elle arrive, répondait Vittorio. Mon père a tant à faire.

M. Nardone hochait sa longue tête, l'air d'en savoir long sur l'activité des gens du Sud. Et Silvia se faisait venimeuse.

— Évidemment, un nouveau timbre de vingt-cinq lires, c'est une dépense.

Ou :

— Il n'est pas très empressé, ton père...

Vittorio commençait à ne plus goûter ce petit ton net. En attendant la réponse de son père, il eut l'idée d'écrire au courrier des lecteurs d'un grand hebdomadaire, exposant son cas et demandant si, oui ou non, c'était une coutume des gens du Sud que d'exprimer des réserves sur le contenu d'une lettre en s'abstenant de mettre le timbre. Il guetta avec fièvre le numéro suivant du journal. Malheur ! il faut croire que l'hebdomadaire ne tenait pas à prendre position sur un point si épineux : il n'y avait pas de réponse. Et toujours pas de lettre de M. Scognamiglio. Et Silvia de plus en plus venimeuse. Un samedi, Vittorio prit le train pour Aversa. Il trouva son père encore irrité.

— Veux-tu que je te dise ? Ces gens du Nord, je les connais. Celui-là ne veut pas te donner sa fille. Il cherche un prétexte.

Il était petit, M. Scognamiglio, et trapu, assez gras même. Tout le contraire de M. Nardone. Et de grands yeux charbonneux.

— Mais, papa, s'il n'avait pas voulu me donner sa fille, il me l'aurait dit.

— Tu crois ça ! Ce sont tous des sournois, des dissimulés. D'ailleurs, je me demande si ce n'est pas un signe du destin...

En bon Méridional, M. Scognamiglio était superstitieux.

— Tu seras malheureux avec des gens comme ça.

— Ce n'est pas le père que j'épouse, c'est la fille. Et il ne te demande qu'une lettre...

— Il l'a eue, sa lettre !

— Mais sans timbre.

M. Scognamiglio se fâchait tout de bon.

— C'est insulter un homme que de lui demander sa parole sur papier timbré.

— Il ne s'agit pas de papier timbré, papa. Il s'agit du timbre sur l'enveloppe. Monsieur Nardone prétend que c'est une coutume du Sud.

— Tu me l'as déjà écrit. C'est idiot ! Une coutume du Sud !

Un moment, M. Scognamiglio baissa ses paupières bistrées sur son regard d'anthracite.

— Viens, dit-il. Nous allons vérifier ça. Si c'est vraiment une coutume, je te promets d'écrire.

A cette époque, je parle d'il y a trois ou quatre ans, vivait encore — et à Aversa précisément — Giuseppe Cruscolo, auteur modestement célèbre d'une douzaine de recueils de nouvelles où se trouvaient décrits les usages de la région. Le problème énoncé, Giuseppe Cruscolo se recueillit. Les yeux clos, tassé dans son fauteuil, le menton lourd, le crâne chauve, il avait l'air d'un proconsul tout entier livré à sa méridienne.

— Non, dit-il enfin. Je crois avoir quelques lumières sur le folklore du Sud. Je n'ai pas connaissance d'une coutume de ce genre.

— Ah ! fit Vittorio soulagé.

Puis, sa main esquissant dans l'espace le geste d'écrire :

— Pourrais-je vous demander une déclaration par écrit ?

— Par écrit ?

Giuseppe Cruscolo en avait perdu son masque de proconsul au repos. Il avait pris l'expression plus modeste du lapin brusquement confronté avec un fusil.

— Une déclaration par écrit ? reprit-il. Ah non ! J'ignore l'usage que vous voulez en faire.

— Je ne veux que la montrer à mon futur beau-père.

— Et votre futur beau-père, il en fera quoi ? Non, non. Je vous ai dit que je ne connaissais pas cette coutume. Mais elle existe peut-être, dans quelque village perdu. Un journaliste peut s'en emparer pour me ridiculiser. C'est délicat, les questions de folklore...

Bref, il ne voulut rien signer du tout. M. Scognamiglio lui-même en était indigné.

— Ah, ces écrivains ! proféra-t-il en rentrant chez lui.

Vittorio voulut profiter de cette diversion.

— Écoute, papa. Si Monsieur Nardone n'avait pas reçu ta lettre, tu lui en écrirais bien une autre, je pense...

— Mais il l'a reçue !

— Qu'en sais-tu ? Il ne t'a pas répondu.

— C'est vrai, ça. Il ne m'a même pas répondu. Tu vois bien que c'est un malotru.

— Mais non ! Écoute-moi bien. S'il ne t'a pas

répondu, tu peux très bien faire semblant de croire que ta lettre ne lui est pas arrivée, qu'elle s'est perdue. Dans ces conditions, tu lui en écris une autre. Même pas. Tu te contentes de lui envoyer un double de ta première lettre. Cela n'est pas du tout contraire à ta dignité. C'est très naturel, au contraire. Quelque chose dans ce genre : « N'ayant pas encore à ce jour reçu de réponse à mon honorée du 12 courant et me disant que ma lettre s'est peut-être perdue, je vous en envoie ci-joint le double... » Qu'en penses-tu ? D'une certaine manière, tu lui fais même la leçon, à Monsieur Nardone.

Encore ronchonnant mais, au fond, touché par l'émoi de son fils, regrettant son emportement, ravi de trouver un biais honorable et enfin très séduit par l'harmonie de la phrase, M. Scognamiglio écrivit la lettre. L'encre n'en était pas encore sèche que Vittorio se précipitait dessus.

— Je prends le train et, ce soir, je la lui porte.

— Hé, dit son père avec beaucoup de bon sens. Si tu la lui portes, il n'y aura toujours pas de timbre.

— C'est vrai, dit Vittorio. Je vais la mettre à la poste.

Dans son enthousiasme, il colla deux timbres, posta la lettre, prit le train, courut chez les Nardone. Ce fut Silvia qui vint lui ouvrir.

— Oh ! dit-elle.

Malgré sa brièveté, cette exclamation recelait des sentiments variés : la bienveillance n'y figurait pas.

— La lettre a été envoyée, dit Vittorio.

— La lettre ! dit-elle.

M. Nardone apparaissait, un journal à la main. Sa longue figure était bouleversée.

— Ah, je suis un âne ! proféra-t-il d'une voix caverneuse. Un âne ! Vous me faites insulter par la voie de la presse maintenant !

— Moi ? dit Vittorio, une main sur le cœur.

Avec le geste de Cavour sur son socle, M. Nardone tendit le journal. Au Courrier des lecteurs était reproduite la lettre de Vittorio, suivie de la réponse du préposé : « Dites à votre futur beau-père qu'il est un âne. Je suis moi-même de Sorrente et je n'ai jamais entendu parler de cette curieuse coutume. Les gens du Sud ont plus d'honneur. »

— Mais, Monsieur, dit Vittorio atterré, lisez ma lettre. Elle est parfaitement respectueuse.

— Et la réponse ? Qui a provoqué la réponse ? Je suis un âne ! Dans le journal ! Moi !

— Personne ne saura que c'est vous.

— Moi, je le sais, dit Nardone, plus statue que jamais. Sortez, jeune homme !

Silvia s'était approchée de la fenêtre. Elle regardait vers la rue.

— Silvia..., dit Vittorio.

Elle ne se retourna pas.

Le mariage ne s'est pas fait. Un an plus tard, revenu à Aversa, Vittorio a épousé une jeune fille de l'endroit, charmante, potelée et parlant peu. Après la cérémonie, au moment des accolades, M. Scognamiglio, jovial, a glissé à son fils :

— Et ici, pas de timbre, hein ?

Vittorio a souri. Un instant, il a encore entendu la voix nette, décidée, de Silvia. Non, décidément, il n'aurait pas été heureux avec elle. Le destin, assez souvent, fait bien ce qu'il fait.

Le terrain d'Immacolata

— Mari'Anto !

Au fond de ma sieste, le cri vient me rejoindre et me réveille. Je grogne. Inutile d'essayer de me rendormir. Lorsque Immacolata commence à appeler sa fille, il y en a pour vingt minutes. J'ai vérifié. Il faut une trentaine d'appels, à peu près, soit pour que Mari'Anto obéisse, soit pour que sa mère se dérange et aille la chercher.

— Mari'Anto !

La voix n'a pas monté d'un ton. On dirait qu'Immacolata pousse son cri presque machinalement et sans vraiment croire à son utilité. Par la fenêtre, je vois le jardin étroit, bourré d'orangers, de cactus, de figuiers de Barbarie, de fleurs sauvages. Il y a un soleil éclatant. Sur la terre sèche, les ombres ont l'air d'être coupées au couteau. Rien ne bouge. Même pas Mari'Anto dont j'aperçois la petite robe rouge derrière le datura. Elle continue à jouer. Comme d'ailleurs, certainement, dans sa cuisine, tout en l'appelant, sa mère continue à fourbir ses casseroles ou à s'éventer avec le petit engin de paille tressée dont elle se sert aussi pour ranimer la braise. Il y a là comme une convention tacite. La mère et sa petite fille savent bien, toutes les deux, que ces appels ne constituent que des sortes de formalités destinées...

— Mari'Anto !

... destinées à amener les rites finaux, à peu près invariables : Immacolata qui éclate en objurgations, qui descend dans le jardin, la brusque ponctuation d'une taloche, les sanglots de Mari'Anto et Immacolata qui remonte dans sa cuisine en prenant le ciel à témoin, en confiant aux orangers et au datura que cette enfant est son calvaire, qu'elle la tuerait. Manière de parler, il va sans dire. Immacolata adore sa petite dernière, lui passe tous ses caprices, excuse tous ses méfaits. L'autre jour, Mari'Anto a déchiré des papiers qu'elle a trouvés sur ma table. Sa mère l'a bien grondée mais pour me faire aussitôt remarquer qu'une autre petite fille, certainement, aurait répandu les débris à travers toute la chambre alors que Mari'Anto les a laissés en un beau petit tas. C'est tout juste si elle ne m'a pas forcé d'admirer ce joli trait.

Brusquement quelque chose me frappe : Immacolata n'appelle plus. Mari'Anto aurait-elle obéi ? Non, elle est toujours là. Je vois toujours sa robe rouge derrière les longue clochettes du datura. Je dois en prendre mon parti : c'est Immacolata qui a renoncé. Ça, par exemple, c'est nouveau. Immacolata est faible mais elle est entêtée. Ses projets, même les plus minces, elle les mène jusqu'au bout. Elle n'avance qu'en gémissant mais jamais elle ne recule. Il est vrai que, depuis quelque temps, Immacolata ne va pas bien. Il y a quelque chose qui la ronge. Je sais même ce que c'est. Elle m'en a parlé. C'est l'histoire de son terrain. Une longue histoire. Qui remonte loin.

Il faut dire ici qu'un jour, il y a bien dix ans, Immacolata a hérité de son frère. Jusque-là, elle avait vécu tranquillement, pauvrement, avec ses cinq enfants et son mari. C'est à dessein que j'ai cité son mari en dernier. Il est mort maintenant mais, même lorsqu'il vivait, il était, de toute la famille, celui qui comptait le moins. Immacolata le dominait entièrement. Physiquement déjà. Jeune fille, elle était sans doute gracieuse. Moi, je l'ai toujours connue énorme, tenant à peine dans sa robe, les cheveux dans la figure, le verbe haut. Son mari, au contraire, était un petit homme fluet, paisible, poli. Il était menuisier. Et, trait particulier, il citait volontiers Dante. Je ne veux pas dire par là qu'il en récitait des passages mais il se référait couramment à lui, disant : « C'est Dante qui aurait dû voir ça » ou « Dante n'aurait pas mieux dit » ou encore, plus simplement : « C'est dantesque. »

Donc Immacolata avait un frère, le vieux Fabio, entrepreneur de son état et qui, à ce titre, régnait sur quatre maçons et sur cinq ou six vieilles femmes, véritables ahuries, qu'il employait à porter des paniers de moellons sur la tête, manière habile d'esquiver les tarifs syndicaux. Ce Fabio, un jour, mourut, laissant à Immacolata tous ses biens : un logement et un vague matériel en fort mauvais état. Le matériel fut aussitôt vendu. Immacolata et les siens allèrent occuper le logement. Celui-ci faisait partie d'un immense bâtiment, jadis couvent puis caserne pour les soldats du roi Murat et qui, depuis, avait été divisé en une quarantaine de logements, tous délabrés mais avec des murs épais d'un mètre et des escaliers où auraient pu passer six chevaux de front. Au milieu, il y avait une grande cour où végétaient trois vieux palmiers crevassés comme des pattes d'éléphant.

Une quinzaine de mois après cette succession, Immacolata reçut une feuille portant indication des impôts fonciers qu'elle avait à payer. Bien entendu, cela ne lui était jamais arrivé. Elle en fut fort glorieuse, en parla trois semaines durant à ses voisins, sut montrer un accablement de bon ton en citant la somme qu'on lui réclamait et finit par la payer sans même avoir bien lu la feuille et, il va sans dire, sans l'avoir montrée à son mari. Ces biens immobiliers étaient à elle. C'était à elle de les gérer.

L'année suivante, comme de raison, la même feuille revint. L'enthousiasme d'Immacolata s'était un peu apaisé. Elle lut la feuille plus attentivement et, malgré une certaine épaisseur, s'aperçut qu'il était question là-dedans d'un terrain, sis au n° 17 de la via Capodimonte et dont elle entendait parler pour la première fois. Elle en fut troublée, médita là-dessus pendant quelques semaines et finit par conclure qu'on avait dû la frustrer de quelque chose dans la succession. D'où une visite chez le notaire et un entretien très animé au cours duquel, à grand-peine et l'inventaire au poing, cet homme put enfin la persuader que les opérations de la succession avaient été tout à fait correctes et qu'il devait s'agir d'une erreur de l'administration. Immacolata passa quelques semaines à couver ce problème, à la suite de quoi, elle reçut un rappel qui la fit se rendre chez le receveur des contributions. Celui-ci fut formel : il y avait peut-être une erreur, il n'en repoussait pas l'hypothèse, mais il fallait d'abord payer.

— Même pour le terrain ?

— Même pour le terrain.

— Mais il n'est pas à moi...

— Il faut d'abord payer. En même temps, je signalerai votre réclamation. Si c'est une erreur, ne craignez rien, vous serez remboursée.

— Mais...

— C'est la règle.

Cette loi sévère émut Immacolata. Elle paya.

Ce receveur était un homme excellent. Mais il avait ce travers éminemment latin de prétendre avoir compris avant même qu'on ne lui ait expliqué. Sans doute rédigea-t-il la réclamation tout de travers. Ou y eut-il là une nouvelle erreur de l'administration. Toujours est-il que la réponse fut décevante. Dix mois plus tard, Immacolata recevait une lettre l'informant que ses doléances ne pouvaient être prises en considération, ladite taxe ayant été calculée au plus juste. Et, deux mois plus tard, nouvelle feuille : le terrain y était toujours porté, ainsi que l'impôt dont il était frappé. Immacolata retourna chez le receveur. On fit une nouvelle réclamation et, en attendant, un nouveau payement.

Un an passa. Nouvelle feuille, suivie, un peu plus tard, d'une nouvelle lettre soulignant qu'une année au moins la contribuable avait payé l'impôt sans rechigner ; qu'on en pouvait donc conclure qu'à ce moment au moins elle était la propriétaire de ce terrain ; que si, depuis, il avait changé de mains, il fallait que la contribuable communiquât le nom de l'acquéreur et une copie de l'acte de vente.

Là, Immacolata perdit contenance. On peut mesurer son accablement à ceci : qu'elle en parla à son mari. Celui-ci poussa quelques exclamations, qualifia la situation de dantesque. Ce n'était pas une solution. Ils allèrent consulter un de leurs voisins, un maréchal de carabiniers à la retraite qui jouissait dans le quartier d'un certain prestige. D'autres voisins furent appelés à la rescousse. La conversation prit bientôt un tour vertigineux et les idées les plus étonnantes furent jetées sur le tapis.

Au milieu du brouhaha, le mari essaya d'exprimer la sienne.

— Si on allait le voir, ce terrain ?

Mais il eut le tort, étant timide, de ne le dire qu'une seule fois. Personne ne l'écouta. Les autres étaient partis dans des discours infinis. Le maréchal, lui, estimait qu'il fallait payer et faire confiance à l'administration.

— D'abord payer !

Ce principe autoritaire lui plaisait. Un autre, plus retors, exprima qu'à force de payer, finirait par jouer, un jour, une certaine prescription dont il disait le plus grand bien. Un troisième, allant plus loin, exposa que, Immacolata ayant payé, elle était parfaitement en droit d'aller dès le lendemain occuper le terrain. Le maréchal se récria :

— Où est le titre de propriété ?

Ce maréchal avait le nez droit et le regard vide que l'on voit généralement aux bustes des empereurs romains. Cela donnait à ses propos un poids particulier. L'assemblée finit par s'atteler à une longue lettre où chacun mit du sien, ce qui la rendit assez incohérente. Avec beaucoup de bonne volonté, on y pouvait démêler que, si Immacolata avait payé la première année, c'était en raison de son chagrin et du désarroi de ses pensées ; qu'elle ne formulait d'ailleurs à cet égard aucune réclamation ; que ses récriminations portaient uniquement sur les années suivantes ; que si la volonté de l'administration était telle, elle était prête à entrer en possession de ce terrain mais qu'en attendant, n'en ayant jamais été la propriétaire, elle eût été bien en peine, malgré toute sa bonne volonté, d'en exhiber l'acte de vente.

Bon. Mais le mari, lui, n'avait pas renoncé à son idée. Le lendemain, il partit à la recherche du terrain.

La via Capodimonte est une petite rue, fort courte, paisible et qui se trouve de l'autre côté de la ville. Le début en est constitué par un vieux mur de pierres rèches d'où débordent des bougainvillées. Après quoi, de petites maisons se succèdent. Le mari examina attentivement les numéros. Le 14 était une maison basse, peinte en rose bonbon. Une petite fille était assise sur le seuil, fort occupée à enrouler une ficelle autour d'un bout de bois. Le 15 avait une façade lézardée et semblait vide. Le 16 était une maison plus grande où la disparate du linge pendu aux fenêtres indiquait qu'il y avait plusieurs locataires. Après le n° 15 et le n° 16, la via Capodimonte était coupée par une autre rue, caillouteuse et montante. Le mari la franchit, le cœur battant. Il allait y arriver, à ce fameux terrain. Seulement, la rue transversale franchie, il ne trouva que des maisons. Il regarda les numéros : la première maison portait le n° 1, la maison en face le n° 2. Grâce à une coquetterie de la municipalité, les numéros étaient peints en noir sur de petits carrés de majolique verte encastrés dans les murs. C'était aussi clair que possible : il n'y avait pas de n° 17. Auprès d'une femme corpulente apparue à la fenêtre du n° 2, le mari s'informa. Non, la via Capodimonte était de l'autre côté. Ici, c'était la via Napoli. Le mari retourna sur ses pas. Mais, de toute évidence, la via Capodimonte finissait aux numéros 15 et 16. Aucune trace du 17. Et aucun terrain en vue.

Le mari rentra chez lui, triomphant. Trop triomphant. Immacolata n'avait déjà que trop tendance à trouver qu'il s'occupait exagérément de ces biens fonciers qui, après tout, ne lui étaient rien. La nouvelle qu'il apportait ne lui parut qu'une raison supplémentaire de maudire le destin.

— Si le terrain n'existe pas, comment prouver qu'il n'est pas à moi ?

Je serais assez tenté de penser d'ailleurs que, dans le secret de son cœur, Immacolata n'avait pas cessé de croire à ce terrain et à ses droits sur lui. Cela seul peut expliquer la docilité avec laquelle elle continuait à payer l'impôt et le sentiment de déception qu'elle éprouva en apprenant que le terrain n'existait pas. Quoi qu'il en soit, sur les objurgations de son mari, elle envoya à l'administration une nouvelle lettre pour signaler la chose.

La réponse tarda. Il y avait cette fois une bonne raison : la guerre venait de commencer. Le mari d'Immacolata fut mobilisé. En son absence, Immacolata fut un jour, comme tout le monde, invitée à passer à la mairie pour retirer ses feuilles de ravitaillement. Elle s'y entendit déclarer que, propriétaire d'un terrain qu'elle pouvait cultiver ou faire cultiver, elle n'avait pas droit à la feuille des légumes. Immacolata en fut frappée en plein cœur. Pas de légumes ? Et ses enfants ? C'en était trop ! Elle courut (non, Immacolata ne courait jamais. Son esprit pouvait s'affoler, non ses jambes. Sa corpulence l'obligeait à une démarche paisible). Elle se rendit donc chez le receveur. Celui-ci, d'abord, refusa d'en croire ses oreilles. Un terrain qui n'existait pas ? Non, la ruse était trop grossière, la malice cousue de fil blanc. Qu'on ait pu se tromper sur le propriétaire du terrain, soit, de telles erreurs n'étaient pas sans exemples, mais un terrain qui n'existait pas... Devant les protestations d'Immacolata, il finit par la renvoyer au cadastre. Elle alla au cadastre. On déplia devant elle de grandes feuilles. L'index de l'employé erra un instant au-dessus des lignes violettes.

— Le voilà, votre terrain...

Car il était là. Bien indiqué. Soigneusement dessiné. En forme de trapèze allongé avec, au bout, un retour sur le terrain voisin.

Ce coup aurait dû achever Immacolata. Ou l'indigner, la faire se répandre en un de ces discours où elle excellait et où, avec aisance, elle passait de la fureur au gémissement. Il n'en fut rien. Penchée sur cet index et sur ce trapèze, Immacolata était fascinée. Il existait donc, ce terrain. Il avait même une forme. Au lieu de l'accablement ou de la colère, elle connut un grand apaisement.

— Merci, dit-elle.

En sortant du Municipe, sur la place, elle rencontra le maréchal des carabiniers.

— C'était moi qui me trompais, pour ce terrain, dit-elle. Il est bien à moi.

L'expression déjà majestueuse du maréchal s'accentua encore. Il le savait bien, lui, que l'administration ne pouvait pas se tromper.

— Vous voyez, dit-il.

Et Immacolata cheminait, transfigurée.

Ce n'était pas qu'elle doutât de son mari. Elle le tenait pour un homme sans importance mais elle le savait sérieux. Si, au cours d'une visite sur les lieux, il n'avait pas trouvé trace de ce terrain, c'est que ce terrain n'existait pas. Ou, du moins, pas à cet endroit-là. Car, d'autre part, comment douter du cadastre ? C'est une chose sérieuse aussi, le cadastre. Ce ne sont pas des plaisantins. Ce ne sont pas des gens qui s'amusent à dessiner des trapèzes quand il n'y a rien. Si le terrain était couché sur leurs papiers, c'est qu'il existait. En un autre endroit probablement. Mais on finirait bien par le trouver.

Grâce aux soins du maréchal, grand parleur et pilier de café, la nouvelle avait bientôt fait le tour du quartier. Le soir même, les voisins vinrent chez Immacolata lui porter leurs félicitations. Elle les reçut sans fausse modestie.

Et le terrain, ainsi, entra dans sa vie. Immacolata prit l'habitude d'en parler. Oh, sans excès de vanité. Sans, pour cela, écraser personne. Au contraire, elle prenait soin de faire observer que ce nouvel accroissement de ses biens n'était pas sans lui donner quelques soucis. Ce terrain, c'était très bien, mais comment l'exploiter ? Fallait-il le cultiver ou le mettre en location ? Ah, ce n'est pas rose tous les jours, d'être propriétaire. Fréquemment aussi, elle parlait du cadastre, faisait l'éloge de cette administration. Ou bien, assise dans sa cuisine, elle rêvait à son terrain. Pauvre terrain ! Où pouvait-il bien être ? Et dans quel état ? Depuis le temps qu'il était abandonné, il devait être plein de cailloux, de mauvaises herbes. De pareils gaspillages ne sont-ils pas scandaleux ? Immacolata se sentait de plus en plus une âme de propriétaire.

Quelques mois plus tard, elle abandonna son logement pour aller en occuper un autre, le rez-de-chaussée où elle vit encore maintenant. A quoi rimait cette opération ? Je soupçonne Immacolata d'avoir vu là le moyen de se sentir plus propriétaire encore. Son ancien logement, elle l'avait loué à des gens modestes qu'elle pouvait terroriser tout à son aise et à qui elle rendait visite avec une bienveillance tempérée d'une certaine hauteur. Son point de vue sur les choses avait changé. Jadis, elle professait des vues assez avancées. Maintenant, elle faisait volontiers remarquer que, si la grande propriété a des devoirs, elle a aussi des droits auxquels on ne pense pas assez.

— Ainsi, avec mon terrain...

Grâce à lui, elle se sentait plus puissante, plus forte. La mort de son mari, si elle lui donna un grand chagrin, ne réussit pas à entamer sa neuve assurance.

— Heureusement que j'ai ce terrain, pour les mauvais jours...

Cette légende lui permit de marier assez avantageusement son aînée qui allait sur ses dix-neuf ans. Sans s'engager formellement, Immacolata avait laissé entendre à la belle-famille qu'elle pourrait un jour donner ce terrain à sa fille. Pendant un temps aussi, elle caressa l'idée de prendre une hypothèque sur ce terrain. La chose ne paraissait pas impossible. Bien entendu, elle continuait à payer l'impôt, tous les ans, et je crois bien qu'elle le faisait même avec plaisir.

C'est tout cela que, le mois dernier, une lettre est venue détruire. Une lettre de l'administration disant qu'à la suite de ses réclamations, une enquête avait été faite, qu'il s'agissait d'une erreur et qu'on allait lui rembourser les impôts indûment versés. Cela fait une assez grosse somme. Mais qu'est-ce que l'argent au prix d'une illusion détruite ? Depuis, Immacolata dépérit. Je la voyais encore hier, tandis qu'elle faisait son ménage : elle a perdu son entrain et la vivacité de ses propos. Elle ne gémit même plus, se traîne languissamment et, on l'a vu, lorsque Mari'Anto ne répond pas à ses appels, assez vite elle renonce. Par-dessus le marché, elle n'ose plus se montrer. On lui parlerait de son terrain et que pourrait-elle répondre ?

*

Mais on a toujours tort de désespérer de la vitalité des gens. Tout à l'heure, descendu dans le jardin, j'ai rencontré Immacolata. Lui ayant trouvé meilleure mine, je lui en ai fait compliment. Nous avons parlé de choses et d'autres, du petit-fils qu'elle vient d'avoir, du temps, des prochaines élections...

— Oh, cette République ! a-t-elle dit sur un ton assez amer.

— Quoi, Immacolata, vous n'aimez pas la République ?

— Cette République, a-t-elle repris, cette République qui m'a volé mon terrain.

Un nouveau mythe commence. Une nouvelle illusion. Une nouvelle raison de vivre.

Madame Octave

Lorsque, ayant conjuré son médecin de ne rien lui cacher, Mme Arthur sut qu'elle était condamnée, elle fit appeler Mme Octave, sa plus vieille amie, et lui fit jurer qu'après sa mort elle veillerait sur son mari, sur ses enfants, sur sa maison. Mme Octave promit. Cette mission plaisait à son âme active.

Depuis le couvent où elles s'étaient connues, Mme Arthur et Mme Octave — sauf pour leurs respectifs voyages de noces — n'avaient jamais passé trois jours sans se voir. Elles s'étaient mariées à peu près dans le même temps et à des hommes pas très différents. Arthur gérait une affaire d'exportation. Octave dirigeait une fabrique de meubles que lui avait laissée son père. Si, plus actif, plus laborieux, levé dès l'aube, Arthur gagnait davantage, ce n'était pas à un point tel que la différence pût être gênante. Mme Octave soupirait bien parfois devant quelque confort de son amie ou devant sa nouvelle voiture ; elle en accusait non son mari mais, suivant les jours, la chance ou le siècle. « On exporte plus qu'on ne meuble », disait-elle, sans autrement s'interroger sur cet aspect de l'économie contemporaine. L'hiver, les deux couples se retrouvaient deux ou trois fois par semaine, généralement pour un bridge joué sans passion et qui n'excluait pas les plaisirs de la conversation. S'il y avait un spectacle nouveau ou un film dont on parlait, ils y allaient ensemble pour échanger, pendant la pièce, quelques confiseries et, pendant l'entracte, des jugements modérés. L'été, c'est ensemble également qu'ils passaient les vacances, en louant à frais communs tantôt une villa sur le lac de Garde, tantôt un chalet sur la côte basque. Le lac, c'était la préférence d'Octave. Il en goûtait la mélancolie. La côte basque, c'était Arthur. Il faisait profession d'aimer l'océan, de braver volontiers le ressac. Les deux femmes, elles, ne donnaient pas leur avis. Lac de Garde ou Guéthary, elles tricotaient, se faisaient d'interminables confidences. Chose curieuse : cette amitié si constante avait fini par les faire se ressembler. Ils étaient gros tous les quatre, importants plutôt, avec de grandes joues, de grands corsages, de grands gilets. Quant aux enfants — deux garçons chez les Arthur, un garçon et deux filles chez les Octave — ils s'entendaient bien. Arthur soulignait volontiers l'agacement que montrait son aîné devant les attentions et les mines de l'aînée des Octave. Il y voyait la promesse d'une grande passion dont le principe lui plaisait (et dans les dédains de son fils quelque chose de viril qui flattait sa vanité).

Le lendemain des funérailles, dès neuf heures, Mme Octave se rendit chez les Arthur. Sauf la bonne, personne n'était encore descendu. Mme Octave monta aussitôt chez Arthur, lui représenta que cela n'arrangerait en rien sa douleur de s'y complaire et l'envoya à son bureau. Les deux fils furent de même, par ses soins, expédiés à leur lycée. Après quoi, son chapeau sur la tête (soit distraction, soit qu'elle n'eût pas eu le temps de l'enlever, soit encore par délicatesse et pour marquer qu'elle n'était pas chez elle), elle entreprit de remettre la maison en ordre. La bonne, une grande fille insolente, ayant renâclé, Mme Octave lui donna ses huit jours, en informa Arthur par téléphone et se rendit dans un bureau de placement d'où elle ramena deux remplaçantes provisoires. Après ces journées d'angoisse et de chagrin, la maison en avait bon besoin. Sans compter — ceci était une opinion personnelle de Mme Octave — que Mme Arthur, si excellente par tant d'endroits, n'était pas une parfaite maîtresse de maison.

Il faut bien dire ici que, pendant les trois jours que prirent ces rangements, et malgré son chagrin, Mme Octave éprouva des joies fortes. Elle aimait remettre les choses à leur place et, tout autant, les en changer. (En seize ans de mariage, elle comptait à son actif quatre déménagements dont deux au moins inspirés par le seul goût du changement.) Mme Octave n'avait jamais aimé la disposition du living-room des Arthur. Profitant du remue-ménage, elle la modifia de fond en comble, supprimant les petits coins intimes que chérissait la défunte et leur substituant une ordonnance générale plus majestueuse. Le soir, Arthur ne montra qu'un enthousiasme réticent mais tant d'obligeance le désarmait. Encouragée, Mme Octave s'attaqua à l'étage. Prenant prétexte de ce que la chambre conjugale évidemment ne l'était plus, elle y fit des aménagements. Là, Arthur protesta, fit état de ses sentiments, de ses habitudes. Sans se soucier de l'apparente contradiction des termes, Mme Octave lui rétorqua qu'il n'avait pas de cœur et qu'il en avait trop. Pas de cœur, pour accepter ainsi l'idée de dormir dans une chambre où tout lui eût rappelé la défunte ; trop pour que ces souvenirs ne finissent pas par hanter ses nuits et lui brouiller le caractère.

— Allons, allons, Arthur ! Réfléchissez. Un jour, vous me remercierez.

A tout hasard, Arthur la remercia tout de suite. Il comptait qu'après quelques jours, ce maelström passé, il pourrait reprendre ses habitudes, remettre sa chambre et le living-room dans leur état primitif. Las, le maelström, s'il s'assagit, ne passa point. Mme Octave avait promis : sa promesse était sacrée. Ayant engagé elle-même la nouvelle bonne, elle s'en tenait pour responsable. Tous les matins, elle venait surveiller son travail. L'après-midi, elle revenait pour décider des menus du lendemain, pour commander les emplettes. De temps en temps, aux seules fins de vérifier si la cuisine était convenable, elle s'invitait à déjeuner. A la table carrée, il n'y avait qu'une place à prendre, celle de la morte. Mme Octave la prit sans embarras. Mais elle avait le tact de ne faire ses observations que dans la cuisine et le repas terminé.

Bien entendu, c'était Mme Octave aussi qui surveillait les comptes. Qui d'autre eût pu le faire ? Malgré son entregent dans les affaires, le pauvre Arthur en était bien incapable. Il aurait été volé comme dans un bois. Ayant un jour retrouvé un livre de comptes de son amie, Mme Octave eut la joie de constater que, depuis son règne, les dépenses avaient baissé. Cette diminution, la délicatesse la plus élémentaire interdisait à Mme Octave d'en faire état auprès d'Arthur mais elle crut en la justice immanente le jour où il s'en aperçut tout seul et lui en fit compliment. La fierté de Mme Octave fut cependant mêlée de remords : n'eût-il pas été honnête de sa part de faire remarquer qu'il y avait une bouche de moins ? Mais, d'autre part, en quels termes aurait-elle pu l'exprimer ? « Une bouche de moins... » Parlant d'une défunte si chère ? C'était difficile, il faut en convenir.

Cela dura ainsi quelques mois. Le souvenir de la morte peu à peu s'estompait. Mme Octave, elle, imperturbablement, tenait sa promesse. Elle veillait sur Arthur et sur ses fils, s'occupait de renouveler leur linge, les réprimandait lorsqu'ils oubliaient d'aller chez le coiffeur. Un jour, ayant quelques politesses à rendre, Arthur offrit un dîner. Un dîner assez important déjà. Il y avait douze invités. Dont, bien entendu, les Octave. Or, Mme Octave, en femme bien élevée, s'était composé un petit répertoire de cinq ou six phrases délicatement laudatives destinées aux maîtresses de maison chez qui elle était invitée. Au moment où, emportée par l'habitude, elle allait proférer la phrase ayant trait aux écrevisses, elle s'aperçut qu'en l'occurrence cela n'aurait eu aucun sens, ces écrevisses ayant été décidées par elle, achetées par elle et surveillées par elle jusqu'à leur ultime bouillon. Là, devant ces écrevisses, Mme Octave comprit soudain que tout avait changé, que sa vie même avait été transformée et que, si elle était encore Mme Octave-invitée, elle était aussi, d'une manière plus secrète, plus subtile, Mme Octave-maîtresse de maison. Que ces écrevisses, par une sorte de prodige, elle les offrait en même temps qu'elle les recevait. Qu'elle les recevait avec son mari mais qu'elle les offrait avec Arthur...

Cette idée, elle ne sut pourquoi, la fit rougir. Une émotion souleva son large corsage et le camée qu'elle y portait. Son embarras augmenta lorsque, un peu plus tard, un convive ayant fait l'éloge du gigot, Arthur, d'un regard discret, lui fit comprendre qu'il reportait sur elle le compliment. Et cet embarras devint irritation lorsque, plus tard encore, au moment de se coucher, fidèle à un vilain trait de son caractère, Octave entreprit la critique raisonnée du dîner.

— Ils n'étaient pas fameux, les vins d'Arthur, dit-il, assis sur le lit et en retirant ses chaussettes.

En général, Mme Octave s'associait volontiers à ces remarques. Cette fois, avec une vivacité qui surprit son mari et qui la surprit elle-même, elle répliqua qu'il n'y entendait rien, que les vins étaient parfaits et qu'au lieu de sournoisement bêcher Arthur (pour reprendre ses termes), il ferait mieux d'avoir une cave comme la sienne. Ces vins pourtant, c'était Arthur qui les avait choisis. La responsabilité de Mme Octave n'était en rien engagée. Mais elle se sentait obscurément solidaire.

Ce dîner marqua une date dans la vie de Mme Octave. Elle prit l'habitude de déjeuner plus souvent chez Arthur et même d'y passer toute la matinée afin que, surveillée par elle, la chère fût plus exquise. Livré aux seuls soins de la bonne, laquelle était une souillon, le pauvre Octave se plaignit. Mme Octave lui reprocha en termes acérés, *primo,* de ne rien comprendre au caractère sacré de la mission qu'elle avait assumée au chevet d'une mourante et, *secundo* et d'une manière plus générale, de n'être qu'un raté. C'était devenu son opinion. Vivant davantage chez Arthur et le voyant se tuer à la tâche, Mme Octave avait été amenée à reviser son opinion sur le rôle joué par la chance ou par les circonstances dans les réussites respectives des deux hommes. C'était sans douceur maintenant que, le matin, à son mari encore dans son lit, elle disait : « Allons, lève-toi, A cette heure-ci, Arthur est déjà à son bureau. »

Jusqu'alors aussi, Mme Octave avait toujours tiré quelque vanité de ce que, au lycée, ses enfants eussent, en général, de meilleures notes que les fils d'Arthur. A partir du dîner, elle en souffrit. Du haut de son paradis, la défunte n'était-elle pas en droit de lui reprocher de ne veiller que sur la santé de ses fils et leurs costumes, non sur leurs études ? L'affaire pourtant était délicate. Les fils d'Arthur avaient déjà l'un quinze ans, l'autre douze. Ils traitaient Mme Octave avec déférence, lui montraient même parfois de la reconnaissance. Cette déférence et cette reconnaissance, d'une certaine manière, la tenaient à distance. C'est ainsi que, par exemple, ils ne songeaient pas à lui montrer leurs bulletins — avec d'autant plus de raisons qu'ils étaient souvent fort mauvais. Dans ces conditions, comment les gronder ? Mme Octave fit un coup de force. Un dimanche où Arthur avait dû s'absenter pour un congrès d'exportateurs, elle dit, comme sans y attacher d'importance :

— Votre père ne sera pas là pour signer vos bulletins. Vous risquez d'être punis. Je vais écrire un mot pour vous excuser auprès du proviseur.

L'aîné, qui lisait, n'ayant rien répondu, elle reprit, plus rondement encore mais le cœur battant :

— Ou plutôt non, je vais les signer moi-même. Ce sera encore plus simple.

Et elle eut l'esprit, alors que les deux bulletins étaient exécrables, de ne faire aucune observation. Le samedi suivant, c'est donc sans susciter l'ombre de méfiance qu'elle put s'informer des résultats. Trois minutes plus tard, l'affaire était réglée : les deux fils d'Arthur se voyaient privés l'un de son cinéma dominical, l'autre de son hebdomadaire partie de golf-miniature. Mis au courant, Arthur ne put qu'entériner ces décisions. N'étaient-elles pas sages ? Fallait-il admettre que ces deux enfants pussent s'amuser le dimanche alors que leur semaine avait été si déplorable ? Ce fut un lourd dimanche. Arthur était ennuyé. Enfermés dans leur chambre, les deux fils boudaient tandis que, dans le living-room, vaillante et impassible, Mme Octave soutenait à elle seule une conversation à peu près réduite au soliloque. N'avait-elle pas raison ?

Elle avait raison. Après deux mois de ce régime de fer, aux dernières compositions, les fils d'Arthur se sont classés respectivement sixième et troisième. Le proviseur a écrit à Arthur pour le féliciter et Arthur, dans sa joie, a offert à ses deux fils une bicyclette. En revanche, hélas, livrés à la férule négligente de leur père, les petits Octave ont rapidement dégringolé la pente si allègrement remontée par les petits Arthur. Leurs résultats sont déplorables. Mme Octave n'a pas l'air de s'en soucier. Mais elle a fait une grande scène à Arthur, et des plus pathétiques, le jour où la rumeur publique lui a rapporté qu'on l'avait vu au cinéma avec sa secrétaire. C'est en vain que, pour se justifier, Arthur a fait valoir qu'il était veuf et que, plus d'un an après la mort de sa femme, on ne pouvait exiger de lui qu'il ne prît plus aucune distraction. Mme Octave lui a rétorqué qu'il était malheureux d'entendre des choses pareilles, que ces propos constituaient autant d'insultes à la chère défunte, que celle-ci l'avait expressément chargée, elle, Mme Octave, de veiller sur lui et que rien ne l'empêcherait d'accomplir sa mission.

— Mais Cécile, pensez à mes soirées. Je suis tout seul, dans cette grande maison...

Mme Octave en a pris son parti. Le soir, après le dîner, elle vint chez Arthur (quand elle n'y dîne pas, après y avoir passé tout l'après-midi). Ils jouent au loto ou parfois à une sorte de bridge à deux, de leur invention, assez primitif. Il n'est pas certain qu'Arthur soit très satisfait de cet arrangement. Pas certain non plus qu'il ait tout à fait renoncé à retrouver de temps en temps sa secrétaire en dehors des heures de bureau. Il a une curieuse rougeur en tout cas, jusqu'au sommet de son crâne chauve lorsque, certains soirs, il annonce à Mme Octave que, le lendemain, il a un dîner d'affaires qui le tiendra assez tard. Mais rien du moins n'en transpire et Mme Octave sait bien qu'avec les hommes il faut parfois composer. En revanche, tout à fait abandonné et ses récriminations étant de plus en plus mal accueillies, Octave a pris l'habitude d'aller au café retrouver des amis vulgaires dont, au début de son mariage, sa femme, à grand-peine, avait réussi à le détourner. Il joue aux cartes, boit beaucoup, fume trop, lutine la serveuse, rentre tard, se ruine la santé. Mme Octave ne s'en préoccupe pas. Elle a sa conscience pour elle. Ne tient-elle pas sa promesse ? Lorsque, rentrée chez elle, elle voit le désordre, la table encore mise à trois heures et sa fille qui tient un journal intime (bien mauvais signe pourtant), c'est avec une étrange fierté qu'elle soupire :

— Ah ! ce n'est pas chez les Arthur qu'on verrait ça !

Contre remboursement

Vous qui n'avez pas connu l'oncle Eugène, vous ne pouvez pas savoir quelle vertu était la sienne et combien, au milieu des tentations et des embûches, son exemple nous guidait.

Dieu sait cependant si, dans la famille, nous avons toujours pu marcher la tête haute. Employés fidèles, fonctionnaires intègres, caissiers incorruptibles, tel est, de père en fils et depuis longtemps, notre palmarès. Mais, de tous ces honnêtes gens, l'oncle Eugène était le plus honnête. Il se plaisait à nous raconter comment, jeune homme, il avait rompu ses fiançailles pour le seul motif que le père de la jeune fille, pâtissier considérable, s'était un jour vanté devant lui d'avoir *roulé* le fisc. « Monsieur, avait proféré l'oncle Eugène, en pénétrant sous votre toit, je croyais n'entrer que dans une pâtisserie. Je m'aperçois qu'à mon insu je me hasardais dans une caverne de brigands. » Et il était parti, renonçant non seulement à la jeune fille que pourtant il aimait, mais aussi, tant son indignation l'avait secoué, à l'idée même de mariage.

On sait ce que sont trop souvent, hélas, les oncles célibataires. L'oncle Eugène, lui, était exemplaire. Jamais aucun bruit n'avait couru sur sa vie privée. Aussi, fort de son intégrité et de sa vertu, portait-il volontiers sur les choses et les gens un jugement sévère. S'il rencontrait un de nous, ses neveux, au bras de quelque jeune fille, aussitôt il le mandait, s'informait de ses intentions, du sérieux de la jeune personne, du degré d'intimité auquel elle avait déjà consenti et, suivant les réponses, s'attelait sans désemparer soit à ruiner cette liaison, soit à lui donner les consécrations les plus légales. Nous lui devions ainsi trois mariages et cinq ruptures — dont les suites, je dois l'avouer, n'avaient pas toujours été en rapport avec l'évidente pureté de ses intentions. Moi-même, un jour, je me souviens, j'avais quinze ans, je fus l'objet d'une contravention pour avoir roulé en bicyclette sur un trottoir. Craignant le courroux paternel, je courus chez l'oncle Eugène. « Enfant ! me dit-il. Jamais jusqu'ici aucun membre de la famille n'avait eu maille à partir avec Dame Justice. Est-ce par toi que le déshonneur entrera dans notre maison ? Et tu n'as que quinze ans ! Je tremble... Mais la faute encore est légère. J'irai voir le commissaire : il est de mes amis. Cependant, si une nouvelle tentation devait t'assiéger, souviens-toi que, par ta faute, un honnête homme a dû consentir à une démarche qui, je le crains, frise le passe-droit. » Était-ce la gravité de son discours, était-ce le remords, je ne sais, mais je pleurai.

*

Et rien que d'évoquer ce souvenir, vingt ans plus tard, je pleurais encore, dans le modeste salon attenant à la chambre où reposait sa dépouille mortelle. Nous étions tous réunis, ses frères, ses belles-sœurs, ses neveux et petits-neveux. L'oncle Eugène venait de mourir et, le cœur broyé, nous mesurions la perte que nous venions de faire. La tante Sophie pleurait à petits coups. Ma belle-sœur Margot essayait de trouver quelque réconfort dans son inséparable tricot. Dominant sa douleur, l'oncle Charles, notre aîné, marchait de long en large. Nous étions à ce moment cruel où, les formalités réglées, les lettres de faire-part envoyées, il ne reste plus devant nous que l'impitoyable présence, la présence, que dis-je, où il ne reste que l'impitoyable absence de la mort.

Or, à cet instant, on sonna. Mon neveu Lucien alla ouvrir, revint bientôt porteur d'un paquet, assez petit.

— C'est un envoi de libraire, dit-il, adressé à l'oncle, contre remboursement. Il y a trois cents francs à payer.

— Ce sera quelque ouvrage qu'il aura commandé, dit l'oncle Charles. Pauvre Eugène ! Il aimait tant la lecture.

Il tira son portefeuille, y prit trois cents francs qu'il tendit à Lucien.

— Va payer, dit-il. Cette dernière dette est sacrée.

Il soupesa le paquet pensivement.

— Ainsi va la vie, dit-il avec à-propos.

Puis, me le tendant :

— Prends-le. Toi aussi, tu aimes la lecture. Ce livre est sans doute la dernière pensée de notre pauvre Eugène. Ce sera pour toi un beau souvenir.

Ému, les yeux brouillés de larmes, je commençai à défaire le paquet.

— Mince ! dit Lucien qui était penché sur mon épaule.

Du regard, je lui imposai silence. Il ne fallait pas que la famille sût. Non, il ne fallait pas. Jamais ! Car ce livre, ce livre que l'oncle Eugène avait commandé, ce livre qui, comme le disait si justement l'oncle Charles, avait sans doute été une de ses dernières pensées, ce livre, je ne sais comment dire, ce livre, son titre et sa couverture l'indiquaient aussi clairement que possible, ce livre enfin était de ceux que les libraires ne vendent que sous le manteau à de vieux messieurs furtifs ou à des collégiens affolés. Je levai les yeux vers Lucien. Son visage si franc était gâté, déshonoré par un sourire graveleux.

— Silence ! lui soufflai-je encore.

Heureusement, au milieu de toute notre tristesse, personne ne s'avisa ni du sourire de Lucien, ni de mon désarroi. Je pus aller glisser le volume dans la poche de mon paletot.

Le lendemain, eurent lieu les funérailles. Un public considérable et recueilli suivait le corbillard. A l'église, le curé de la paroisse fit un sermon de circonstance pour exalter les vertus du défunt, son intégrité, la rigueur de ses mœurs. J'aurais dû être ému. Le souvenir du triste volume m'en empêchait. Lucien était à côté de moi. Je le surpris à sourire. Il se pencha vers moi.

— Une chance que le curé n'ait pas vu le livre, me souffla-t-il.

Je soupirai. Oh, je n'allais pas jusqu'à penser que l'oncle Eugène fût un malhonnête homme. Non. On peut aimer les livres libertins sans cesser pour cela d'être le modèle des comptables. Mais l'oncle Eugène se voulait bien autre chose que le modèle des comptables. Il se voulait aussi le modèle des vertus. Et là, il mentait. Quand il nous faisait la morale, il mentait. Quand il figurait dans les processions, quand il nous reprochait le moindre de nos manquements, il mentait. Et quand, avec un bon sourire, il nous disait : « Pourquoi irais-je au café ? Les livres sont la meilleure des compagnies », c'était donc à cela qu'il pensait, à cela qu'il se délectait !

Et je commençai à douter des hommes. Car enfin si un homme comme l'oncle Eugène avait réussi à nous abuser à ce point, que fallait-il penser de l'honnêteté et de la vertu des autres ? Là, dans cette église, au milieu des chants funèbres, quelque chose s'est défait en moi. De là, date mon changement. D'abord, le fameux livre, je l'ai lu. Dame, puisque l'oncle Eugène comptait bien le lire. « Suivez son exemple ! » nous avait clamé le curé dans son sermon. Pardi, je le suivais ! Et j'en ai lu d'autres, de la même espèce. J'y ai trouvé du plaisir. Je m'en suis fait une petite collection. Un jour, par distraction, j'ai laissé ouverte l'armoire où je les rangeais. A mon retour, j'ai vu qu'il en manquait quelques-uns. Qui les avait pris ? Ma femme ? Un de mes enfants ? Bah, je ne m'en suis pas préoccupé. Mon sens des responsabilités lui-même s'était effrité.

Jusqu'alors j'avais été un bon époux. Ma fidélité m'est apparue comme une duperie. Pourquoi me serais-je refusé quelque chose dans ce monde où même les oncles Eugène avaient leurs tares, leurs faiblesses ? Et j'ai cédé aux avances que, depuis quelque temps, me prodiguait une certaine Rose connue dans le quartier pour la légèreté de ses mœurs et les bénéfices qu'elle en tirait. Elle aimait sortir, s'amuser. Je l'ai conduite dans les boîtes de nuit. Un de mes collègues de la maison où je travaille m'y a rencontré. Il l'a raconté partout, je suis sûr, car depuis je devine qu'autour de moi on chuchote. Ma réputation est compromise. Un jour, une certaine somme s'est égarée. Heureusement, on l'a retrouvée assez vite. Mais, pendant quelques heures, les soupçons ont rôdé autour de moi. « Je ne veux accuser personne, disait M. Bossu à haute voix, mais enfin il est avéré que certains de nos collègues ont des dépenses que ne permettent pas leurs traitements. » Rose a voulu un nouveau mobilier. Je le lui ai offert, entamant pour cela notre petit capital. Qu'arrivera-t-il le jour où je ne pourrai plus le dissimuler à ma femme ? Mon fils, un jour, n'est rentré qu'à l'aube. Et il n'a que seize ans. Je lui ai fait des reproches.

— Et toi ? m'a-t-il répondu insolemment.

Ma fille, l'autre jour, portait un bracelet que je ne lui connaissais pas. Je n'ai pas osé demander des explications. Car cette lèpre, peu à peu, a gagné toute la famille. Mon exemple sans doute y est pour quelque chose. Ou peut-être que Lucien a raconté partout l'histoire du volume. Je vois s'effondrer peu à peu toutes nos vertus. Mon frère Jules s'est mis à tripoter dans des affaires louches. Sa femme a pris un amant, son droguiste. Ce misérable l'a forcée à se promener avec lui bras dessus, bras dessous. Depuis, plus personne dans le quartier ne la salue. Ma nièce Sophie, dont tout le monde jusqu'ici vantait le sérieux, a écrit des lettres passionnées à son professeur de dessin, lui proposant de fuir avec lui en emportant, pour les premiers frais, l'argenterie de la famille. La femme du professeur a trouvé les lettres, a couru chez la pauvre mère pour lui faire une scène atroce. Je dis : pauvre mère. C'est une manière de parler. Contaminée à son tour, cette pauvre mère s'est mise à boire. Une fois ivre, elle vague à travers la ville, oubliant qui elle est et où elle habite. Un agent de police dernièrement a dû la ramener. Quant à Lucien, c'est sans doute le plus touché. Acoquiné à une femme de bar, il a fait des dettes. Son père l'a chassé de chez lui. Lucien alors a volé. Il est maintenant sous les verrous et son nom — le nôtre — a paru dans les gazettes.

*

C'est sur ces entrefaites qu'un jour je rencontrai mon vieil ami Oscar Meulon. Il se promenait avec son fils, un petit garçon dans les quatre ou cinq ans, son dernier. Nous nous étions perdus de vue, Meulon et moi, depuis quelques années. Je lui demandai des nouvelles des siens.

— Hélas, me dit-il d'un air accablé, nous avons eu le chagrin de perdre cette pauvre tante Jeanne. Tu l'as connue, n'est-ce pas ? Eh bien, elle est morte, mon cher.

Je lui exprimai mes condoléances.

— Une si brave femme...

— Une si brave femme ! reprit-il avec plus de véhémence que le sujet n'en comportait. Une si brave femme ! C'était ce que nous pensions tous. Allons, avoue que tu la tenais pour une parfaite imbécile. Ne proteste pas, nous étions tous du même avis. La plaisantions-nous assez ! La bêtise de tante Jeanne ! L'ignorance de tante Jeanne ! Elle-même ne s'en froissait plus. C'était admis, consacré ! Un jour, ne lui avons-nous pas soutenu que, dans les grands paquebots, on utilisait l'eau de mer pour saler le potage ; un autre jour, que Tanger était la capitale de l'Islande. Elle feignait de nous croire et, sans doute pour nous amuser, répétait nos pitoyables calembredaines. Car elle feignait, mon cher !

— Elle feignait ?

— Parfaitement ! Sais-tu ce qu'à sa mort nous avons découvert ? A soixante-quatorze ans, cette brave imbécile de tante Jeanne, cette sotte, cette nigaude, cette bêtasse, sais-tu ce qu'elle faisait ? Elle apprenait le russe.

— Le russe ?

— Je partage ta stupeur. Le russe ! La langue la plus difficile qui soit. Et en cachette. Modestement. Sans rien nous dire, nous laissant la plaisanter sur son ignorance. Ah, elle devait bien rire derrière notre dos. Imagines-tu cela ? Sans rien dire ! Quelle force de caractère !... Sans compter tout ce que cela présuppose. Car enfin, on ne commence pas l'étude des langues par le russe. Elle devait en avoir appris d'autres. Elle a malheureusement emporté son secret dans la tombe mais qui sait si elle ne connaissait pas déjà l'anglais, l'allemand, l'espagnol, le portugais, que sais-je ? Cela donne le vertige. Elle qui s'émerveillait lorsque je sortais les trois mots d'anglais que je connais, les mots les plus bêtes, les plus courants, *eggs and bacon, how do you do...*

— C'est incroyable !

— Incroyable ! Je ne te le fais pas dire. Mais aussi, depuis, avons-nous tous bien changé. Tu nous connais, tu connais la famille. Tu sais ce que nous étions. De bons vivants, pas très sérieux, prenant la vie comme elle vient, nous fichant du tiers et du quart, toujours prêts à rigoler, chacun avec ses habitudes, ses amusettes. Mon frère courait la gueuse. Sa femme... mon Dieu, sa femme, je crois bien que tu y as passé, toi aussi, non ? J'étais moi-même un pilier de cabaret et ma femme tapait la carte à longueur de journée. Tout cela a bien changé. Sans cesse, nous nous citons l'exemple de la tante Jeanne et il nous électrise. Mon frère a repris les cours de médecine qu'il avait abandonnés en deuxième année. Mais oui, mon cher, à quarante ans, courageusement, il s'est remis sur les bancs de l'université et il espère faire encore une brillante carrière. Tu sais que mon père nous a laissé une tréfilerie. Trop paresseux pour nous en occuper, nous l'avions confiée à un gérant qui nous volait. Je l'ai reprise en mains. Elle est en passe de devenir une des premières de la région. Ma femme fait des traductions et l'une d'elles doit être publiée incessamment. Mes fils étaient paresseux. Il me suffit maintenant de leur parler de tante Jeanne pour les faire travailler. Jeannot, le mois dernier, a été le premier de sa classe.

— C'est prodigieux !

Nous nous arrêtâmes un instant pour méditer sur la vie, ses mystères, son inattendu.

— Mais, dis-je, il y a une chose que je ne comprends pas. Tu me disais que la tante Jeanne vous avait toujours caché qu'elle apprenait le russe. Dans ces conditions, comment l'as-tu su ?

— Le hasard, mon cher. Le plus incroyable, le plus pur des hasards. Figure-toi que, le jour même de l'enterrement, le facteur nous apporte un paquet, adressé à tante Jeanne. Nous l'ouvrons. C'était un ouvrage qu'elle avait commandé. Et cet ouvrage était une grammaire russe. Pas une grammaire de débutant, je te prie de croire. Une grammaire du troisième degré, pour agrégés presque. Tu imagines notre stupeur. L'envoi étant contre remboursement, cela m'a coûté trois cents francs. Je les ai déboursés de grand cœur. Il est toujours réconfortant d'apprendre qu'un être vaut mieux que ce qu'il paraissait.

Un envoi contre remboursement ! Le jour même de l'enterrement ! Trois cents francs ! Une telle coïncidence ne pouvait pas ne pas me frapper. Elle me frappa, me poursuivit toute la journée. Quel était donc ce mystère ? Quel était ce libraire qui semblait ne fournir que les morts ?

*

Je me mis à hanter les enterrements. Il suffisait qu'une lettre de faire-part arrivât chez moi et, fidèlement, je me rendais à la funèbre invitation. Les gens en étaient touchés. Je pus ainsi me refaire quelques-uns des amis que ma conduite avait éloignés. Si je voyais quelque porte tendue de noir, j'entrais et, discrètement, je m'informais : le facteur n'avait-il pas apporté un paquet ? N'y avait-il pas quelque libraire sous roche ? Je suivais avec soin les nécrologies des journaux. Je ne vivais plus qu'en noir, un crêpe au bras. A la longue, les gens finirent même par s'étonner. Étais-je un maniaque, un vicieux, un cinglé ? Mais ma patience devait finir par être récompensée. Je me trouvai un jour à l'enterrement d'un certain Jean-Baptiste Plat, capitaine à la retraite, au moment où, fort étonné, un de ses collatéraux déboursait trois cents francs pour un *Manuel du Relieur* adressé contre remboursement au défunt. Je pus m'emparer de l'emballage. Il portait l'adresse de la librairie. J'y courus. C'était un magasin fort petit, d'aspect minable.

— Monsieur Beutre ?

Un jeune homme dans les seize ans, visiblement mal émergé d'un ouvrage sans doute intéressant, m'apprit que M. Beutre n'était pas là. Interrogé, il admit — non sans quelque embarras, me sembla-t-il — que la librairie, en effet, envoyait parfois des livres contre remboursement. A qui ? A la suite de quelles commandes ? Il m'affirma l'ignorer. A quelle heure avais-je quelque chance de rencontrer M. Beutre ? Il ne savait trop. Tout cela était curieux. Je revins le lendemain. La chance me servit. M. Beutre était là, sous les espèces d'un petit homme à barbiche.

— Monsieur Beutre, lui dis-je sans prendre la peine de voiler mon émotion, monsieur Beutre, je me trouve devant un mystère. Vous seul pouvez l'éclaircir.

— Asseyez-vous, me dit-il.

— Monsieur, il y a près de deux ans, vous ne vous en souviendrez peut-être pas, vous avez envoyé à mon oncle, Monsieur Eugène Bosserand, un volume...

— C'est fort possible. Je me charge, en effet, pour quelques clients, de rechercher les ouvrages qui les intéressent.

— Vous avez également envoyé un volume à Mademoiselle Jeanne Dufour...

— Cela n'est pas exclu.

— Et enfin, tout récemment, un ouvrage au capitaine Plat.

— En effet, celui-là, je m'en souviens.

— Eh bien ! Monsieur, ces trois personnes sont mortes.

— Mortes ? Que me dites-vous là ?

— La vérité, Monsieur !

Je ne pouvais pas demander à ce libraire de verser des larmes sur le décès de trois clients avec lesquels il n'avait eu peut-être que des rapports peu suivis. Au moins, la décence eût-elle dû lui commander une expression d'étonnement navré. Sur ses traits, je ne lisais rien de pareil. La tête penchée, il se contentait de me regarder fixement.

— Mais, dit-il après un moment, ces trois personnes n'étaient-elles pas assez âgées ?

— J'en conviens. Mais, en disant qu'elles sont mortes, je n'ai encore fait, monsieur, qu'ébaucher ma pensée. Il y a plus : dans chacun des cas, le volume envoyé par vous est arrivé le jour même de l'enterrement.

— Non ? Comme c'est curieux !

— Mais ce n'est même pas de cela que je veux parler. Toutes les coïncidences sont possibles, je le sais. Vous pourriez me citer des cas. Ne le faites pas. Ce qui me tracasse, ce qui me ronge, ce qui me tue, c'est ceci : chaque fois, le volume envoyé ne répondait en rien, Monsieur, au caractère du défunt, à ses habitudes, à ses manies ou, du moins, à l'idée que nous nous en faisions.

M. Beutre leva ses deux mains.

— Je ne suis pas responsable de ce que me commandent mes clients.

— Mais précisément s'agit-il bien des volumes qu'ils vous ont commandés ? C'est cela que je veux savoir. Votre service d'expédition est-il bien fait ? Ne s'y glisse-t-il pas des erreurs ? Essayez de vous en souvenir. N'y a-t-il aucune trace écrite de ces commandes ? Tout cela est tellement étrange. Que le capitaine Plat vous ait commandé quelque ouvrage de stratégie, je le concevrais, quoique les capitaines en retraite généralement... Qu'il vous ait commandé un traité de jardinage, soit encore, car il s'intéressait à son jardin. Mais quelle apparence de sens y a-t-il à ce qu'il vous ait demandé un manuel de reliure alors que, de mes informations, il résulte qu'il n'a jamais montré pour cet art qu'indifférence et qu'il ne lisait pas deux livres par an ?... Et Mademoiselle Dufour ? Mademoiselle Dufour était une imbécile, Monsieur, dont l'univers intellectuel ne dépassait pas le mouron de ses oiseaux. Et elle vous aurait commandé une grammaire russe du troisième degré ! Impossible. Vous me direz que nous avons pu nous tromper sur l'étendue de ses facultés. Mais à ce point ? Et mon oncle enfin ! Mon oncle était un modèle de vertu. Et vous lui avez envoyé un ouvrage polisson. Oh, je sais, chacun a son secret, on est étonné parfois de ce qu'on découvre, les hommes se plaisent à cacher leurs tares. Oui, pour mon oncle, cela s'explique. Mais pourquoi le capitaine Plat eût-il dissimulé qu'il s'intéressait à la reliure ? Quelle étrange pudeur pouvait inciter Mademoiselle Dufour à cacher qu'elle apprenait le russe ? Dois-je croire que rien n'est vrai, que nos jugements sont précaires, que tout enfin est apparence et faux-semblant ? Sur quoi me fonder encore ? Pourtant la psychologie existe, Monsieur...

M. Beutre eut l'air d'émerger enfin de son impassibilité.

— Monsieur, me dit-il en me posant la main sur le bras, votre émotion me touche. Mais vous ne porterez pas plainte ? Vous ne me dénoncerez pas ?

— Promis.

— Puis-je vous croire ?

— Je vous le jure, Monsieur.

— La chose est simple. Il y a deux ans, par hasard, dans une vente, j'ai acheté au poids du papier un lot de quelque cinq cents kilos de volumes. Je croyais pouvoir les écouler. Le lot inventorié, je me suis aperçu qu'il s'agissait d'ouvrages parfaitement invendables. Que pouvais-je faire ? Me résigner à cette perte sèche ? J'ai femme et enfants, Monsieur. C'est alors que l'idée m'est venue de consulter les nécrologies des journaux et d'envoyer mes volumes contre remboursement aux personnes dont j'apprenais ainsi le décès. La psychologie existe, m'avez-vous dit. C'est ce qui m'a touché, Monsieur. Car mon procédé est fondé sur la psychologie. Où arrive mon envoi ? Dans des maisons riches où un domestique indifférent ne dérange pas pour si peu ses patrons endeuillés et paye sans regarder. Dans des maisons pauvres où on se ferait scrupule de ne pas acquitter cette dernière dette du défunt. Le croiriez-vous ? Il n'arrive pas deux fois sur dix que l'envoi soit refusé. Ah, il y a encore plus de braves gens qu'on ne le croit, Monsieur. Certes, dans ces conditions, on ne saurait demander que, chaque fois, l'ouvrage envoyé réponde aux desiderata du client. Mais quels desiderata au fond ? Puisqu'ils sont morts... D'ailleurs, mon stock maintenant est à peu près épuisé. Il ne me reste que quelques volumes. Tenez, je m'apprêtais précisément à envoyer un des derniers. Un ouvrage sur la Chine. Il n'est pas sans intérêt. Si vous le voulez, je vous donnerai volontiers la préférence. Non ?

Les gens

Chevalier de Malte et descendant, collatéralement s'entend, de je ne sais plus quel pape, le comte Eugenio a ses entrées au Vatican. Il nous y mène voir une prise d'armes des gardes suisses. Les hautes façades ocre, les rubans jaunes et bleus des gardes suisses, l'uniforme à la duc d'Aumale de la Garde palatine, les capes violet-rose des prélats, quelques femmes en toilettes vives, tout cela compose un spectacle assez bariolé. Le comte Eugenio, ravi, ronronne. Fou de snobisme, il court partout, la tête en avant tant son zèle l'emporte, saluant dans le vide de peur de manquer quelqu'un, baisant des mains avant d'avoir vu à qui elles appartenaient, répandant autour de lui, comme une femme qui agite sa houppe à poudre, des propos vagues mais toujours charmés. « Quel parfum délicat ! » dit-il à une dame. Puis, en français et inconsciemment sans doute (il y a un prélat à deux pas et Eugenio sait ce qu'il doit à l'Église), il chantonne : « C'est ton odeur qui m'asticote, me ravigote ! » A tout hasard, le prélat a un sourire bénisseur.

La cérémonie terminée, toujours soucieux de montrer qu'il est ici comme chez lui, le comte Eugenio nous entraîne dans une salle basse où les gardes défont leurs cuirasses. Survient un officier qui, bien entendu, connaît Eugenio (tout Rome le connaît) mais qui, visiblement, n'apprécie pas que des dames voient se déshabiller ses hoplites. « Vous êtes très romain », dit-il à Eugenio. A la suisse, il insiste : « Très romain. » Eugenio a parfaitement saisi la nuance mais il s'en fiche. Il rit, virevolte, frappe du doigt sur une cuirasse pour nous en faire apprécier la sonorité, interpelle un gros soldat : « D'où êtes-vous ? — De Fribourg. — De Fribourg ? Vous connaissez la marquise de Mongenod ?... »

Après quoi, nous emmenant : « Il y a des çoses si étranzes, nous confie-t-il avec beaucoup d'âme (il zézaie aussi). Le colonel des gardes suisses, le baron Pfiffer d'Altishoven que moi z'appelle, vous allez rire, le baron d'Artiçaut, eh bien, dans le monde, il porte un monocle mais, en uniforme, il l'enlève parce qu'il a découvert qu'à l'époque le monocle n'existait pas. C'est curieux, n'est-ce pas ? » conclut-il, l'œil brillant comme s'il venait de nous révéler un dessous de l'Histoire.

*

Trop timide pour chercher lui-même chaussure à son pied et terrorisé par sa mère, le gros Amedeo, à cinquante ans, se contente des maisons closes. Une pensionnaire finit par lui inspirer un sentiment assez vif. Il la tire de là, l'installe dans une auberge des environs où, sous couleur de chasser, il va passer les week-ends. Il est heureux. Elle, à ne rien faire, grossit. Mais parfois Amedeo a ce qu'il appelle des difficultés de trésorerie. Il renvoie alors la jeune personne dans sa maison close, quitte à aller l'y reprendre lorsque, sous quelque prétexte, il a réussi à soutirer une petite somme à sa mère. A chaque retour, il y va de sa bouteille de champagne, invite les patrons de l'auberge. Et allez donc ! On ne vit qu'une fois.

*

« La vie est passionnante ! » Depuis qu'il a l'âge d'homme, Gustave s'est installé sur cette idée et il n'en démord pas. Elle lui a permis de refuser les quelques emplois qui ont pu passer à sa portée. « Je suis un curieux, répète-t-il, un grand curieux. La vie m'intéresse, sous toutes ses formes. Un métier ne pourrait que me limiter. » Aussi n'a-t-il jamais rien fait. Ah, pourtant, il apprend l'espagnol. En cinq ans, il a fait quelques progrès et il est de force maintenant à vous raconter, en espagnol, toute une historiette. En vain lui objecte-t-on qu'on n'entend rien à l'espagnol. Il raconte quand même, rit aux éclats et s'assombrit parce qu'on ne rit pas autant que lui. Avec de la patience, il compte arriver à lire Cervantès dans le texte. Ce sera une fameuse fenêtre sur l'univers. Mais, son neveu revenant de déportation et sa cousine du Mexique, il ne leur pose pas une question et, les politesses bâclées, il parle de lui, de sa santé et d'une nouvelle crémière qui vient de s'installer dans la rue. La campagne ne lui offrant qu'un champ d'investigation trop restreint, il a pris un appartement à Paris mais il ne lui arrive pas trois fois par an de dépasser l'avenue Victor-Hugo. Quand un parent de province lui écrit pour demander un service, de chercher un ouvrage chez un bouquiniste ou de réserver des places dans un théâtre, plutôt que de se déranger (« avec tout ce que j'ai à faire ! »), Gustave écrit des lettres de quatre pages pour décrier le spectacle ou déconseiller l'ouvrage. Si le parent arrive quand même, Gustave s'installe à côté du chauffeur. « Je vais vous conduire. Avec tous ces sens uniques... » On se retrouve à la Porte Dorée alors qu'on cherchait les Folies-Bergère.

*

Au Salon d'Automne, comme je consulte le catalogue, un binoclé m'interpelle : « Pardon ! Pourriez-vous me dire où je suis ? Je m'appelle Duvillé. Je suis peintre, alors vous comprenez, le catalogue, cent francs... » Je lui dis : « Vous avez le n° 3012. » Nous arpentons des kilomètres de paysages. Voilà le 3012. « Nom de Dieu ! dit le binoclé, ils se sont trompés. J'exposais un effet de lune sur la Seine. » Drôle de lune, en effet. Le 3012 est un bouquet de fleurs jaunes, avec des pommes. Duvillé est consterné. « On va croire que c'est de moi. On ne reconnaîtra pas ma manière. » Il s'approche du tableau, le flaire, recule : « C'est pas si mal foutu, notez... »

Et, avec un soudain désespoir : « Si au moins il y avait une carafe ! »

*

A soixante ans bien sonnés et le profil de Dante, Angelo, le cuisinier, a encore séduit sa patronne, une Américaine de son âge. Elle l'a mis dans son lit, le forçant aussi, pour la première fois de sa vie, à dormir sans chaussettes. Dans la belle villa de Ravello, Angelo a maintenant une vie de coq en pâte. Au milieu des agaves, des statues, il se promène et bâille. Plus de cuisine, bien entendu. L'Américaine a engagé un autre cuisinier, vieil ami d'Angelo mais qui, vu les circonstances, l'appelle : *professore.* Angelo, pourtant, parfois se plaint. « Elle m'a emmené à Rome. Quel voyage ! Nous sommes allés dans un musée. Là, elle est restée une heure devant une Madone. Je voulais parler, elle m'a fait taire. Alors, pour passer le temps, je l'ai priée, cette Madone. Mes prières finies, je l'ai blasphémée. Enfin, nous sommes partis. Maintenant, elle veut que je divorce. Et ma pauvre femme ? Puis, il paraît qu'en Italie, c'est défendu. Elle veut m'emmener en Suisse. Ça ne va-t-il pas me donner des ennuis ? »

*

A Genève, dans un salon excessivement littéraire, deux dames à chapeaux, à aigrettes, à rangs de perles.

— Toujours à Heidegger, Paulette ?

— Comment ? Vous ne savez pas ? J'ai amorcé le grand virage. Toujours Heidegger mais avec une pointe vers Kierkegaard.

— Les deux ensemble ? Vous n'avez pas peur !

Alors Paulette, très brave, avec un joli battement de cils : « Je prends le risque. »

Puis, à moi, capricieuse : « Parlez-moi d'Heidegger.

Moi : Heidegger, madame ? Mais c'est à peine si j'en connais le nom.

Elle est ravie. « C'est trop joli, ça ! » A son amie : « Qu'il m'amuse ! »

Cette bonne opinion, hélas, ne dure pas. Deux minutes plus tard, je l'entends derrière moi : « Oh, ce doit être un auteur de boulevard. »

*

Tout petit, péremptoire, nerveux comme un

coq, le nez impérieux, Joseph est écrivain. Mais, depuis un essai publié en 1929 et d'ailleurs excellent, il n'a plus écrit une ligne. Pendant longtemps, il s'en est excusé sur sa femme. « Elle parle, elle parle. Comment pourrais-je travailler ? Et je ne peux pas la battre, mon cher. Elle est poitrinaire. » Veuf et remarié, il a trouvé une autre défaite : « Elle a trop d'ordre. Cela m'étouffe ! » Il m'entraîne, ouvre une armoire : « Regardez ça. Caleçons, mouchoirs, lainages, toutes ces petites piles. » Il en est accablé. Puis, il y a une œuvre qui lui donne de l'ombrage : celle d'Émile. Émile est illustre. Joseph estime que c'est à tort et il a passé bien des heures et dans bien des cafés à expliquer pourquoi. Le plus curieux, c'est qu'Émile en souffre. Au faite de la gloire, ses pièces jouées partout, cette seule voix discordante le tracasse. — Enfin, que me reprochez-vous ? demande-t-il à Joseph.

— De n'être pas Shakespeare, lui rétorque l'autre dressé sur ses ergots.

Émile est atterré. Il donnerait n'importe quoi pour séduire cet opposant tenace. Dernièrement, il l'invite à déjeuner, chez lui, multiplie les prévenances, va jusqu'à réciter des morceaux entiers du fameux essai. Joseph reste de bois. Comme Émile, très cordial, lance : « J'ai une idée », Joseph, sèchement, lui coupe la parole : « Moi, j'en ai bien davantage. »

Après le déjeuner, ils s'en vont ensemble. Dans

le vestibule, Joseph prend un paquet qu'il a vraisemblablement déposé là en arrivant, un paquet assez grand plat, enveloppé dans un journal. En devisant, ils descendent le boulevard Malesherbes. Arrivé place de la Madeleine, Joseph annonce qu'il doit prendre l'autobus. Émile l'attend avec lui. L'autobus arrive. Joseph, en un tournemain, défait son paquet, en tire une lunette de vatère, la tend à Émile.

— C'est votre lunette. Je l'ai dévissée après le déjeuner. Reprenez-la.

Et il saute dans l'autobus, laissant Émile, l'illustre écrivain, place de la Madeleine, sa lunette de vatère à la main.

*

Il faudrait d'abord parler de sa bonté : un jour, j'ai eu un service grave à lui demander, elle me l'a rendu sans hésiter. De sa foi, qui force le respect. De sa vie qui, à sa manière, fut grande. Veuve à trente ans et sans ressources, elle a su élever ses trois fils, les pousser jusqu'au seuil de situations brillantes. En regard de tout cela, que pèse sa petite vanité ? Si j'en parle, c'est avec amitié. Elle connaît deux ou trois petites choses en musique. De quoi en parler avec agrément à des amateurs. Mais qu'elle rencontre Toscanini, elle l'attaque sur le *si bémol,* lui tient tête. Toscanini éclate : « Quelle imbécile ! » En littérature, ses notions sont plus vagues encore. « Oh, ces pélargoniums ! dit-elle. Vous souvenez-vous de cette jolie page de Péguy sur les pélargoniums ? » Au début, j'avais encore l'innocence de m'étonner, de chercher avec qui elle pouvait confondre. Son mécanisme est plus simple. Elle voit des pélargoniums. Elle me voit, se souvient qu'un jour, dans le métro, elle m'a trouvé lisant un volume de Péguy, — ce qui d'ailleurs, est devenu : « Vous souvenez-vous ? Quand nous parlions de Péguy sur la terrasse... » Ou encore : « Oh, Marceau, il ne faut pas le sortir de son Péguy. » Pour elle, cela suffit. A son sens, un poète, c'est quelqu'un qui écrit de jolies pages sur de jolies choses. Il serait curieux que, poète, Péguy n'ait jamais parlé de pélargoniums. Ou bien c'est un bout de phrase qui lui revient et qu'elle a compris tout de travers. On parle de Valéry : « J'aime tant ses poèmes en forme de poires. » De Montherlant : « J'ai une petite tendresse pour son *Épithalame.* » Je proteste. « L'*Épithalame* est de Chardonne. » A-t-elle décelé dans ma voix un certain manque d'assurance ? « Celui de Montherlant est plus beau, plus finement senti. » Ou encore : « Pauvre Copeau ! Quand je pense qu'il est mort excommunié. » Là, je me demande avec qui elle peut confondre. Quant à Maritain : « C'est lui qui a épousé la petite Rivière, non ? » L'expression « la petite » lui sert beaucoup. Elle parle volontiers de la petite Casarès, de la petite Vilmorin. Pour Colette, cela devient : cette chère Colette. Ne citons que pour mémoire « le bon Gaston ». Sur lequel cependant elle a des réserves à faire : « C'est un air qu'il se donne, ne vous y fiez pas. Il n'est pas si bon que ça. » Inutile de dire que, de sa vie, elle n'a rencontré ni le bout du nez ni le nœud papillon d'aucun des quatre. Elle reste d'ailleurs volontiers dans l'approximation. Celui lui permet de se replier sur des positions préparées à l'avance. « Cette brave Feuillère. Voilà ce que j'appelle une femme vraiment gentille. » A creuser la question, on s'aperçoit qu'elle n'a jamais vu Edwige Feuillère que dans un film. « Eh bien, dans ce film, n'a-t-elle pas l'air gentille ? » Ou encore : « Je me rappelle ce que nous disait Claudel un soir... » Dirait-on pas une réunion de famille ? Or, c'était au cours d'une conférence. Dans un journal, elle lit qu'une Rohan vient d'épouser un La Rochefoucauld. « Je crois qu'il y a quelque chose entre la petite Rohan et un La Rochefoucauld, je ne sais pas lequel, par exemple. » Qu'y peut-on trouver à redire ? N'est-ce pas vrai ? Ou : « Oh, ces formalités ! Heureusement que l'ambassade s'en est occupée pour moi. » En clair, cela veut dire qu'elle est allée à un guichet retirer une formule imprimée. Parfois cependant la déformation se fait plus nette. En voyage, dans le train, elle rencontre un monsieur qu'elle connaît un peu et à qui, cette fois, par hasard, on a confié la valise de l'ambassade. « Pensez, les douaniers, avec nos passeports diplomatiques ! » Il y a quelques années, dans une garden-party où il y avait trois cents personnes, elle voit André Gide, va vers lui, bat des cils : « J'aimerais vous parler de votre œuvre. » Gide se laisse emmener à l'écart. Bientôt, sous son ronron, il somnole. Puis, son œil s'allume. Il vient d'aviser sur sa manche (à elle) une mouche. D'une claque à tuer un bœuf, il l'extermine. Notre amie pousse un cri. Elle a eu mal. Et il y a une tache de sang sur sa manche. La manche de son beau tailleur de shantung blanc qu'on vient de lui livrer. Mais elle s'attendrit. « Cela me fera un souvenir. Je dirai à mes amies : voilà la tache d'André Gide. »

*

A cinq ans, jalouse des contes de fées que lui prodigue sa sœur, Catherine, à son tour, veut raconter une histoire. « D'abord, dit-elle, il y avait un enfant mort. » Mais, ce début lui paraissant sans doute un peu gros, elle se reprend : « Il était une fois un petit garçon et il avait une fourmi dans sa main mais alors il l'a tuée et sa maman était fâchée parce que cette petite bête était si gentille. Alors le petit garçon est devenu le diable mais sa maman ne le savait pas parce qu'elle n'avait pas de piqûres.

— Pourquoi ? Les diables piquent ?

— Ça, j'invente. Et alors, il a rencontré Carbosse.

— Carabosse.

— Carabosse et il a vu que ce n'était pas Carabosse, que c'était une fée gentille et alors il l'a brûlée, avec tous ses voiles blancs, et c'est devenu un petit chat. »

*

Que Mme Jules soit la bonté même, cela n'est rien encore. Qu'elle tombe parfois sur des ingrats, c'est trop naturel. Le touchant, c'est le zèle avec lequel elle les excuse. Apprenant qu'un ménage polonais vit dans la misère, elle offre de prendre chez elle, provisoirement, les deux enfants, les gâte, les habille. Après six mois, elle risque une démarche auprès des parents pour qu'ils les reprennent. Ils le font mais sans un remerciement et même avec des propos assez amers. « Les pauvres, dit Mme Jules, ils auront cru que c'était un service officiel, que j'étais payée par le gouvernement pour recueillir les enfants polonais. » Amie des arts, elle héberge un pianiste dans la débine. Il raconte partout que cette hospitalité cache de sombres desseins, que Mme Jules veut coucher avec lui. « Pauvre garçon, dit Mme Jules. Il a sa fierté. » A la longue pourtant, cette rumeur la dérange. Elle veut renvoyer le pianiste, multiplie les allusions. Lui impassible.

— Dites-le-lui carrément...

— Oh, non ! Cela lui ferait de la peine. Ces artistes sont si sensibles.

Elle feint alors d'être malade, tousse à fendre l'âme, assure au pianiste que son médecin lui conseille la Suisse. « Parfait, dit le pianiste. Je garderai votre appartement. » La voilà forcée, pour le déloger, d'aller vraiment en Suisse, de sous-louer son appartement, de congédier sa vieille bonne à laquelle elle est attachée. Le pianiste est furieux, l'insulte, donne des coups de pied dans ses meubles. « Le pauvre ! dit-elle. C'est ce piano, toujours, à longueur de journée. Ça lui aura porté à la tête. »

*

Nature généreuse, Mme Oscar, pour animer ses réceptions, dispenses on enthousiasme à propos de trois fois rien. « Comment s'appelle votre petite-fille ? demande-t-elle à un vieux général. — Marianne. — Marianne ! C'est merveilleux ! Et quel âge a-t-elle ? — Deux ans. — Le plus bel âge ! » Et, comme pour montrer tout de suite qu'elle n'a rien écouté, toujours animée, elle ajoute : « Je suis sûre qu'elle est la première de sa classe. » Sur quoi, sans désemparer, elle attaque un autre invité. Va-t-il chanter quelque chose ? Il refuse. Elle insiste. Elle roucoule. Enfin, il propose quelque chose de Monteverdi, *Lasciatemi morire*. « *Lasciatemi morire !* » Mme Oscar se pâme. « Tout ce que j'aime, mon air favori ! Comment l'avez-vous deviné ? Qu'on me laisse écouter ça ! » Emportée par son zèle, pour mieux entendre, elle chausse ses lunettes. La bouche en œuf, le chanteur poussa sa romance. « Bravo ! » clame Mme Oscar avant la fin. Il y a un silence. Pour le rompre, elle crie n'importe quoi : « Marceau, combien fait le dollar aujourd'hui ? » ... Pourquoi le dollar ? Pourquoi à moi ? Mais déjà la voilà partie sur autre chose : « Ah, mon pauvre ami ! J'ai bien des malheurs. Ma bru, vous la connaissez ? Elle trompe son mari d'une manière... Avec une impudence ! » Tout en parlant, elle s'envoie, coup sur coup, deux éclairs au café. « Je ne sais pas pourquoi je m'en priverais. Quand je vois cette femme qui amène ses amants jusque chez elle. » Puis, brusquement, elle se lasse. Comme le général, sans faire mine de se lever, profère qu'il se fait tard, elle pousse des cris, houspille la femme de chambre. « Vite, le manteau du général ! » Le malheureux se retrouve dans la rue avant d'avoir rien compris. Je prends congé à mon tour. « Comment ? Déjà ? Ah, non ! » Mais la main que, pour me retenir, elle a mise sur mon épaule, me pousse impérieusement vers la porte.

*

Maroquinier de son état, Braunberger est un petit homme à taille, à visage, à démarche de jockey. Il faut croire qu'il y avait là quelque prédestination. Pendant la guerre, réfugié, vu son nom, dans un village de l'Orne, il s'est découvert une passion pour le cheval. Passion forte dont rien désormais, et à peine son commerce, ne peut le distraire. L'autre jour, ma tante venant de mourir, il accourt : « Ah, toutes mes condoléances ! Votre chère tante ! Je suis venu subito, pensez. Le temps de seller ma petite jument. A propos, vous l'avez déjà vue ? Non, je vous parle de l'isabelle. Au moule, cette bête-là, au moule, je vous dis. Je l'ai montrée à m'sieu de Tannin. Dites, il bavait. Et il est difficile, remarquez. Une anglo, c'est dur de lui faire avaler ça. Il est normand, lui. Mais au moule. Cinq ans, un mètre cinquante-huit, une affaire en or, pensez si je l'ai pas ratée. Rien à reprocher, à cette bête-là. Sauf sa couleur. J'aime pas les isabelle. C'est du cheval pour matuvus. Du cheval de cirque. C'est comme la jument de mon ami Chapon. Il fait ce qu'il veut de cette bête-là. Elle monte les escaliers, comme je vous le dis, les escaliers de son parc et autres. La ferait tirer aux sonnettes que je ne serais pas étonné. Il l'a fait courir aux courses du Pin. Premier et allez donc. Le papa du Fau lui avait dit : « Eh, doucement ! » Truqueur, le gars. Mais il n'aime pas se laisser commander, Chapon. Hep là et il arrive en tête, comme ça, dans un fauteuil, pas un poil de mouillé. Ah, ils étaient vexés, le papa du Fau et autres. Je lui ai dit : « Alors, m'sieu du Fau ? » Oh, c'était pas gentil, je sais bien, mais j'ai une tête de cochon, tant pis, je suis ce que je suis, je dois rien à personne, je fais ce qui me concerne, pardon. Bon, je ferme la parenthèse. Alors, elle a passé comme ça, en deux minutes, votre pauvre tante ? »

[illegible]

Un mot de trop

— Mais non, ce n'est pas le trac ! s'écria-t-il avec rage. Pourquoi aurais-je le trac ? Il y a six ans que je parle au micro. Je n'ai jamais eu le trac.

— Il y a des cas, dis-je. Je connais un chanteur...

Il n'écoutait pas, il agitait la main devant lui comme pour bousculer, comme pour brouiller mon discours.

— Ce n'est pas le trac. Ce serait plutôt...

Il hésita une seconde.

— Ce serait plutôt le remords.

J'en restai éberlué. Varangeot était de ces petits hommes blonds qui ne se font pas des remords pour grand-chose. Et généralement jovial, avenant, ponctuel.

— Le remords de quoi ? Expliquez-vous ! Je n'y comprends rien.

Il y avait une demi-heure que cela durait. Une demi-heure qu'il était entré dans mon bureau et qu'il s'était mis à me parler, pêle-mêle, de démission, de départ, de préavis. Une demi-heure que j'essayais de le faire revenir sur sa décision.

— Mais enfin quoi ? On ne part pas ainsi, sur un coup de tête. On vous offre autre chose ? Pourquoi ne pas me le dire ?... Il y a quelque chose qui ne va pas avec vos collègues ? Vous faites ici une bonne petite carrière de speaker... Je croyais que vous étiez content...

C'est qu'un bon speaker, cela ne se trouve pas si facilement. On me dira que la tâche n'est pas compliquée. Erreur. Il y faut d'abord une voix sympathique et une articulation juste. Voilà déjà deux qualités qui ne courent pas les rues. Il y faut de l'ordre, de la méthode. Un incident peut toujours se produire : il faut parfois de l'esprit d'initiative. Les programmes sont faits souvent d'une manière assez mécanique. Seul le jugement d'un speaker peut empêcher qu'on passe un pot-pourri hilare après l'annonce d'un décès qui consterne la nation. Enfin, il faut une certaine culture générale. Qu'un speaker s'avise de prononcer Broglie comme cela s'écrit ou Francis Jammes comme James de Rotschild, cela fait toute une histoire. Le moindre vocable guatémaltèque ou lapon, il se trouve toujours parmi les auditeurs un imbécile qui a été au Guatemala ou au pôle Nord et qui envoie une lettre cinglante. Varangeot avait toutes ces qualités. J'étais désolé de le perdre.

— D'abord, vous oubliez qu'aux termes de votre contrat, vous nous devez un préavis de trois mois.

— Je vous supplie d'intervenir pour que j'en sois dispensé.

— Donnez-moi une raison au moins.

Il leva vers moi un regard noyé.

— Cela restera entre nous ?

— Je vous le promets.

Eh bien, tout le mal venait d'une lettre. Je n'apprendrai rien à personne, je suppose, en disant que les speakers d'un poste de radio reçoivent assez fréquemment des lettres d'auditeurs. Il y a de tout dans cette correspondance, des insultes, des éloges, des menaces ou des fichaises mais, le plus souvent, ce sont des lettres d'amour. De qui viennent-elles ? Les speakers ont la prudence de ne pas chercher à le savoir. De vieilles filles sans doute ou d'obsédées, enterrées dans d'affreuses solitudes et que sont venues troubler ces voix chaleureuses, ces inflexions caressantes. Varangeot donc ne s'était pas étonné de recevoir une lettre de ce genre, puis une deuxième, puis une troisième, toujours de la même auditrice. L'inattendu pourtant, cette fois, était que sa correspondante s'adressait à lui comme si elle le connaissait. Bien plus, de ses phrases, souvent incohérentes, il semblait résulter qu'elle lui reprochait de l'avoir, autrefois, abandonnée. « Reviens, écrivait-elle. Je t'attends. Je te pardonne. Notre petite fille a vingt ans maintenant. J'ai hérité. Nous ne serons plus dans cette affreuse misère qui t'a fait fuir. » Varangeot, bien entendu, n'avait fait qu'en rire et, maintenant qu'il m'en parlait, je me souvenais même qu'il m'avait raconté la chose.

Or, un jour de la semaine dernière, comme Varangeot prenait son service, l'huissier l'avait avisé qu'en son absence s'était présentée une dame, accompagnée de sa fille et qui désirait le voir. A l'huissier compatissant, elle avait confié qu'elle était venue tout exprès de Bordeaux car, dans la voix de Varangeot, elle reconnaissait formellement celle de son mari, un certain Paul Bonnevaux, jadis agent d'assurances, qui l'avait abandonnée vingt ans auparavant. Elle avait encore ajouté qu'elle était à l'hôtel de Grande-Bretagne, qu'elle y attendrait Varangeot toute la journée et que, s'il ne venait pas, elle reviendrait le lendemain, sûre de le ramener à de meilleurs sentiments.

On imagine la stupeur de Varangeot. Qu'une folle lui écrivît, c'était trop naturel. Qu'elle eût perdu la tête pour sa voix, si l'on ose dire, cela ne l'étonnait pas. Mais qu'elle eût fait le voyage de Bordeaux... Et avec sa fille ! Étaient-elles folles toutes les deux ? Varangeot s'était mis à fouiller dans son passé. En vain. Il ne trouvait rien qui ressemblât à ce signalement. Non, rien, aucune femme abandonnée. Sauf une manucure mais qui avait pris la chose du bon côté. Il finit par suggérer à l'huissier de conduire ces dames, le lendemain, dans une petite salle d'attente où étaient accrochées les photographies des speakers. Si elle le reconnaissait, il serait toujours temps de prendre cette affaire plus sérieusement en mains. Ainsi fut fait. Le lendemain, hilare, l'huissier vint annoncer que, conduite dans la galerie des portraits, la dame, sans l'ombre d'une hésitation, avait pointé son index... vers une photographie qui n'était pas celle de Varangeot. L'affaire était réglée. La dame était folle, sa fille aussi, folle ou complaisante ou dans l'ignorance. N'en parlons plus. Cela ferait toujours une anecdote.

C'est alors pourtant que la tentation avait pénétré dans l'âme de Varangeot. Quelle tentation ? Là, devant moi, de l'autre côté de mon bureau, le regard toujours noyé, une mèche défaite sur le front, Varangeot n'avait pas l'air de bien le savoir lui-même.

— D'abord, cela m'a fait rigoler. Je me disais...

Mais il était intrigué, troublé. On a beau dire, un destin qui s'offre... Car c'était cela. Dans l'état d'exaltation où se trouvaient ces deux femmes (d'après les lettres et d'après l'huissier), il apparaissait clairement qu'elles étaient prêtes à accueillir n'importe quel imposteur qui aurait le front de leur dire : « Je suis Paul Bonnevaux. » Et surtout celui-ci, dont elles avaient déjà reconnu la voix, qu'elles étaient venus chercher depuis Bordeaux. La dame était encore séduisante, avait dit l'huissier. Varangeot était célibataire, seul dans la vie, orphelin depuis longtemps et en souffrant. On va le juger sévèrement. Mais vous est-il déjà arrivé de voir un autre destin s'offrir à vous ? Le démon vous a-t-il jamais dit : « Allons, quitte donc ta vie, pauvre âme. En voici une autre, toute prête. Il te suffit de prendre. Il te suffit d'un mot. » Si cela ne vous est jamais arrivé, comment juger ? Et n'oublions pas la petite phrase sur l'héritage. Ponctuel, s'acquittant bien de son service, Varangeot pourtant n'aimait pas le travail. Il rêvait d'une autre vie. Oh, sans folies, sans excès mais ne rien faire, la canne à pêche, les pantoufles... C'est une explication que je donne. Il y avait peut-être autre chose. Une autre chose que je pressentais, que je voyais vaguement se profiler derrière les phrases entortillées de Varangeot, quelque chose de louche, d'obscur. Cette femme folle. Cette jeune fille, peut-être prête à tout pour sauver l'illusion de sa mère. Tout cela était plein d'ombres, de dessous. Tout devenait possible. Puis la curiosité aussi. Cette extravagance offerte, tendue. Je n'excuse pas. J'essaie d'expliquer. J'essaie de deviner pourquoi, ce soir-là, Varangeot fit un détour pour passer devant l'hôtel de Grande-Bretagne ; pourquoi il n'osa pas entrer ; pourquoi, rentré chez lui, il décrocha le téléphone.

— Allo ! Pourrais-je parler à Madame Bonnevaux ?

— De la part de qui ?

— De la part de Paul.

— Ah !

L'exclamation au bout du fil indiquait que la pauvre femme avait confié ses espoirs à tout le monde. L'hôtel de Grande-Bretagne n'est pas grand. C'est plutôt une pension de famille. Au bout du téléphone, on entendait un remue-ménage, des chuchotements. Puis une voix très faible qui dit :

— Allo...

— Allo, dit Varangeot. Et il osa ajouter : « C'est moi, Paul... »

— Alors, dit-il la tête entre les mains, alors j'ai entendu cette petite voix brisée qui disait : « C'est toi ? » Je l'ai entendue, monsieur, et jamais plus je ne pourrai l'oublier. Jamais.

Des larmes coulaient entre ses doigts. Je ne disais plus rien. J'étais pétrifié d'horreur, de crainte, de dégoût.

— Et j'ai raccroché, dit-il. Mais maintenant, je ne puis plus parler devant un micro. C'est impossible. J'ai essayé. Sans cesse, je pense à cette femme qui m'entend, à cette femme devant son téléphone. Je ne puis pas. Je parle, je parle... Mais elle est là, qui m'écoute, qui reconnaît ma voix. Ma voix du téléphone.

Que pouvais-je lui dire ?

— Voyons...

Je prenais un ton raisonnable.

— Voulez-vous que nous allions la voir ? Nous lui dirons qu'au téléphone, elle a été victime d'un mauvais plaisant. Puisqu'elle n'a pas reconnu votre photo, elle se rendra bien compte, en vous voyant, que vous n'êtes pas son mari. Vous apporterez vos papiers d'identité. Vous avez quel âge ?

— Trente-deux ans...

— Vous voyez ! A trente-deux ans, vous ne pouvez pas avoir abandonné votre femme et votre fille il y a vingt ans.

— Non, me dit-il. Il n'y a rien à faire. Cette chose que j'ai faite là, je sens qu'un jour je le payerai. J'ai touché à quelque chose à quoi on n'a pas le droit de toucher. Je me sens comme un homme qui a frappé Dieu.

Les diamants
de mademoiselle Antoinette

I

On range une fleur dans un tiroir. On l'y oublie. Le temps passe. Un jour, on rouvre le tiroir. Il n'y a plus qu'un rameau, une brindille, une petite chose recroquevillée et qui s'effrite. Ainsi de certains êtres. On dirait que la vie les a oubliés. Un jour, on les retrouve. Ils sont devenus tout petits.

En 1938, après la mort de sa mère, son père étant décédé depuis longtemps, Antoinette, alors âgée de dix-neuf ans, avait été recueillie par sa tante Clotilde, Mme Losseau dans le siècle, veuve d'un gros bonnetier. Antoinette jusque-là avait vécu à Sarlat et, avec sa mère, dans des conditions fort étroites. En arrivant à Paris, en pénétrant dans le bel appartement de l'avenue Niel, en y trouvant cuisinière et femme de chambre, Antoinette avait été éblouie. Ajoutez-y, de temps en temps, une matinée au théâtre, une soirée au cinéma du quartier et, une fois par mois, un thé où Mme Losseau conviait d'antiques amies : Antoinette croyait connaître la grande vie.

Là-dessus, il y avait eu la guerre et ses suites. Pour deux femmes seules, craintives, qui n'avaient ni l'occasion, ni le tempérament de se mêler des choses, les événements de ce genre, c'est le tiroir. En 1955, Antoinette et sa tante n'étaient plus que deux fleurs oubliées et recroquevillées. Leur vie avait diminué — dans la mesure même où, au-dehors, elle avait augmenté, le second de ces phénomènes commandant rigoureusement le premier. Vu le prix des choses, il avait fallu renvoyer successivement la femme de chambre et la cuisinière. Mlle Antoinette s'en était à peine aperçue. Mlle Antoinette vivait sur son nuage. Un nuage fait de riens, de broutilles, de mille occupations sans portée mais qui suffisaient à l'empêcher de regarder autour d'elle. Jusqu'au départ des deux bonnes, elle passait ses journées à lire, à tricoter, à faire des patiences. C'est du même cœur qu'elle s'était mise à la cuisine, à l'époussetage et au rangement des chambres. Sans cesser de siffloter, ce qui était sa seule manie.

— Cesse donc de siffloter, disait Mme Losseau agacée.

— Oui, disait Antoinette qui, la minute d'après, reprenait son sifflotement.

C'était son caractère. Quand on n'a jamais eu l'ombre d'une responsabilité, on perd un peu conscience de ce qu'on fait. Antoinette étant incapable de se débrouiller dans un magasin, c'était Mme Losseau qui se chargeait des courses. Elle en revenait accablée. « Le bœuf a encore augmenté, disait-elle. — Oui, rétorquait Mlle Antoinette pour qui ce propos ne représentait rien de précis. — Il faut faire des économies, reprenait Mme Losseau. — Oui », disait Mlle Antoinette qui poussait même le zèle jusqu'à ajouter : « Prenons des mesures » mais sans que cela allât plus loin. L'argent, pour elle, était quelque chose de vague, qu'on allait chercher dans une banque, qui augmentait ou qui diminuait — qui diminuait surtout — suivant des lois sur lesquelles elle ne s'était jamais interrogée. Personnellement, d'ailleurs, Mlle Antoinette ne dépensait rien. Pour s'habiller, elle puisait dans les armoires de sa tante. Aussi, dès sa vingtième année, avait-elle commencé à s'habiller en vieille dame, et d'une double manière, ses robes, ses manteaux ayant été faits pour sa tante et le tout ayant été acheté avant 1940. Elle avait un beau visage pourtant, Mlle Antoinette. De grands traits réguliers, des yeux bleus auxquels sa myopie donnait une expression mystérieusement tendre. Ses cheveux étaient d'un blond léger. Par association d'idées avec ses chapeaux antiques, on était porté à croire qu'ils étaient blancs. Une jolie taille aussi. Qui eût pu la remarquer sous sa défroque de veuve ? Un jour pourtant, place des Ternes, un quidam l'avait suivie, un homme très distingué, ma foi. En arrivant à sa hauteur, il avait murmuré quelque chose. Antoinette, le cœur battant, avait pressé le pas. En rentrant, elle avait dit à sa tante, avec un petit rire :

— Il a dû me prendre pour un trottin.

Que signifiait pour elle ce vocable ? Rien de précis sans doute. Elle avait dû le trouver dans un roman d'André Theuriet. Sa tante lui servait d'écran protecteur. Au travers de cet écran, les choses et les gens ne lui apparaissaient qu'avec des contours assez flous.

Puis, un jour, de sa cuisine, Antoinette avait entendu sa tante qui l'appelait.

— Antoinette ! Viens !

Comme Mme Losseau la dérangeait souvent pour trois fois rien, Mlle Antoinette avait encore pris le temps d'essuyer quelques assiettes, de baisser le gaz. En entrant dans le salon, elle avait trouvé sa tante étendue sur le canapé, son corsage noir déboutonné. En quinze ans de vie commune, Mlle Antoinette n'avait jamais vu sa tante en négligé. La stupeur l'arrêta. Mme Losseau avait un rictus qui lui tordait la bouche.

— Je ne me sens pas bien, dit-elle encore.

Un quart d'heure plus tard, elle était morte.

L'enterrement terminé, où n'avaient assisté que de lointains collatéraux, Mlle Antoinette regagna l'appartement. Elle s'assit dans le salon. Elle était en grand deuil. Son chapeau encore sur la tête (qui était un chapeau de la défunte), lentement, elle enleva ses gants, en regardant droit devant elle. Toutes les portes étaient ouvertes, béantes. L'appartement avait l'air abandonné. Il y régnait une odeur étrange, de cierge, de feuillage. Et, sur sa petite chaise tendue de reps jaune, Mlle Antoinette comprit que, jusque-là, elle avait vécu dans un rêve. Un rêve gris, terne, fané. Mais un rêve. Avec ses rideaux passés, ses tentures, ses embrasses, ses tapis rongés jusqu'à la corde, ses cache-pot, ses fauteuils, ses paravents, ses brise-bise, le grand appartement s'était refermé sur elle comme une coquille, comme une tiède et rassurante coquille. Était-ce à cause des portes béantes ? La coquille était défoncée. Mlle Antoinette frissonna.

— Voyons, dit-elle en se levant.

Huit jours plus tard, grâce à quelques démarches assez simples mais qui, la semaine d'avant, auraient encore été pour elle autant de montagnes, Mlle Antoinette tenait un état précis de sa situation. Déduction faite des frais de l'enterrement et des frais de succession, déduction faite aussi d'un legs de Mme Losseau à une œuvre (on peut rêver sur ce trait de Mme Losseau qui, sachant sa nièce sans ressources, laissait un legs, et important, à une œuvre. Était-ce bonté ou méchanceté, rancune ou distraction ?), Mlle Antoinette se trouvait à la tête d'une rente de trente mille francs par mois. En huit jours, Mlle Antoinette avait appris à connaître son temps. En 1957, ces trente mille francs ne pouvaient suffire.

Dans une pareille conjoncture et suivant qu'on a le tempérament audacieux ou timide, on cherche soit à augmenter ses ressources, soit à diminuer ses dépenses. Pas encore tout à fait réveillée, Mlle Antoinette s'égara d'abord dans la seconde direction. Elle voulait quitter ce vaste appartement pour un autre, plus petit, n'importe quoi, deux pièces même sous les toits. Il lui restait à découvrir cette loi étrange du monde contemporain : qu'un petit appartement lui eût coûté plus cher que le grand, où elle bénéficiait encore d'un ancien loyer. Elle eût pu songer à un échange. La concierge lui en toucha un mot. Elle eut la mauvaise idée d'ajouter :

— Je connais quelqu'un que cela intéresserait.

Mlle Antoinette était devenue méfiante. Persuadée que la concierge avait un intérêt dans l'affaire (ce qui était vrai mais qui n'empêchait pas le conseil d'être bon), elle repoussa cette solution, fit venir un menuisier qu'elle connaissait et, avec lui, pendant deux jours, coltina des meubles. Elle put ainsi équiper deux chambres. Entre-temps, Mlle Antoinette s'était réveillée complètement. Elle fit insérer dans un journal deux annonces, l'une où elle se proposait pour des travaux de copie (il y avait encore, dans l'appartement, une machine à écrire qui datait de feu le bonnetier), l'autre où elle offrait ses deux chambres à messieurs seuls et convenables.

Ce qui fait qu'en une semaine, Mlle Antoinette vit défiler chez elle : une femme à cheveux jaunes, assez jeune encore et qui resta dans le vague quant à ses occupations ; une Américaine sexagénaire mais virulente, déjà ivre à trois heures de l'après-midi ; une autre Américaine, aussi virulente mais apparemment sobre ; un ménage avec quatre enfants dont l'un ne cessa de donner des coups de pieds dans le porte-parapluies ; un mannequin de chez Fath ; un modéliste d'une autre maison de couture, qui avait une voix bien pointue pour un homme (mais Mlle Antoinette n'avait pas l'esprit mal tourné) ; un Noir parfaitement bien élevé, même assez précieux dans son langage et qui aurait pu convenir si Mlle Antoinette, sur le chapitre des Noirs, n'en était pas restée aux histoires d'anthropophages ; un étudiant allemand ; un monsieur décoré qui déclara n'avoir besoin de la chambre que deux après-midi par semaine, pour prendre le thé avec une amie (sagace, Mlle Antoinette ne fut pas dupe de ce thé. Pudique, elle en fut troublée. Ces choses-là existaient donc ?) ; un jeune acteur qui portait pull-over à col roulé ; un Suédois sur lequel il n'y avait rien à dire ; un écrivain si embrouillé dans ses propos que Mlle Antoinette eut le loisir de lui montrer dans le détail les deux chambres avant de comprendre qu'il ne venait que pour l'annonce concernant les travaux de copie ; un clergyman ; un Chinois en qui Mlle Antoinette crut voir un fumeur d'opium alors qu'il n'était qu'attaché à l'Unesco ; quelques vagues humanités encore et enfin un employé, assez bel homme, à grosse voix et un étudiant américain. Ce fut sur ces deux derniers que Mlle Antoinette fixa son choix.

II

Commença alors une nouvelle vie. Pour son coup d'essai, Mlle Antoinette était bien tombée. M. Dossin, l'employé, ne donnait aucun ennui. D'abord, c'est bien simple, il n'était jamais là. A huit heures, on entendait son réveille-matin. A neuf heures moins vingt, M. Dossin sortait, ne rentrait que vers dix heures, pour se coucher. Le dimanche, il se levait plus tard, prenait son temps pour s'habiller. On l'entendait chanter, mais rien que de beaux airs : *Salut, demeure chaste et pure* ou *Viens dans la forêt profonde.* Puis, il disparaissait pour toute la journée. Mlle Antoinette supposait qu'il avait « une habitude ». Elle la voyait rousse, allez savoir pourquoi.

L'étudiant américain, lui, en revanche, ne sortait guère. Ç'aurait pu être ennuyeux. Mais il était si charmant ! Poli, discret, n'ouvrant pas sa radio sans avoir demandé si cela ne dérangeait personne. De temps en temps aussi, il jouait du banjo. Mlle Antoinette le trouvait même, pour son âge, un peu mou. C'était un grand garçon, l'air aussi américain que possible, le visage couvert de taches de rousseur, les cheveux blonds, coupés très court et qui se relevaient. Lorsque, le matin, vers onze heures, Mlle Antoinette, un foulard noué sur sa tête, se présentait pour faire sa chambre, il se réfugiait dans la salle de bains. Devant la fenêtre grande ouverte, dans la rumeur de voitures qui montait de l'avenue, des couvertures plein les bras, Mlle Antoinette sifflotait. Dans la salle de bains, Larry sifflotait aussi. Pas le même air, non, il ne faut pas trop demander à la vie. Mais sifflotement d'un côté, sifflotement de l'autre, cela faisait un petit moment de bonheur. Larry sortait de la salle de bains. Il risquait un compliment.

— Comme vous êtes active ! Je vous entends trottiner, toute la journée. Comme une fée.

Mlle Antoinette en devenait coquette. Maintenant, avant d'entrer dans la chambre de Larry, elle se regardait dans le miroir du vestibule, arrangeait son foulard.

— Et je ne peux pas m'empêcher de siffloter, disait-elle avec confusion. C'est plus fort que moi. Ma pauvre tante me le reprochait toujours. Cela ne vous empêche pas d'étudier ?

— Non, non, répondait Larry en rougissant plus qu'elle. C'est gentil. C'est comme un oiseau.

Il faut dire aussi qu'il n'avait pas l'air d'étudier beaucoup. Mlle Antoinette le grondait.

— Et vos cours ? Vous n'y allez jamais...

— Oh, les cours ! Je travaille mieux ici.

Mais, sauf quelques romans policiers, il n'ouvrait jamais un livre. Il est vrai qu'en novembre un étudiant peut encore ne pas penser à ses examens. Un soir aussi, l'air embarrassé, il annonça qu'il devait s'absenter pour quelques jours.

— Où allez-vous ? demanda Mlle Antoinette pour qui tout voyage évoquait la catastrophe.

Elle se reprit aussitôt.

— Je suis bien indiscrète...

— C'est tout naturel, dit Larry. Je vais à Londres. Voir un oncle que j'ai là.

Mais, le lendemain, comme Mlle Antoinette voulait profiter de l'absence de Larry pour ranger son armoire et recoudre ses boutons, elle s'aperçut qu'il n'avait emporté — outre son costume de voyage — que son complet de toile gris. Un costume si léger ? A Londres ? En plein mois de novembre ? Ce petit problème occupa Mlle Antoinette pendant une bonne demi-heure. Après quoi, elle pensa à autre chose. L'écrivain dont il a déjà été question lui avait donné à dactylographier un long texte, bourré d'extravagances et dont le déchiffrement suffisait à l'occuper.

Puis il y eut l'épisode de la maladie. Un matin, en pénétrant dans la chambre de Larry, Mlle Antoinette le trouva encore couché, le visage rouge et gonflé. Il avait une forte grippe. Mlle Antoinette s'occupa de le soigner, profitant de l'occasion pour mener une campagne d'allusions contre l'habitude qu'il avait de dormir la fenêtre ouverte, habitude que Mlle Antoinette tenait pour sauvage. Le matin, elle venait voir comment il avait passé la nuit, veillait à ce qu'il prît ses aspirines. L'après-midi, elle s'installait à son chevet, reprisait ses chaussettes.

— Racontez-moi. New York, comment est-ce ?

— Je ne connais pas New York, Mademoiselle. Je n'ai fait qu'y passer deux heures. Pour m'embarquer.

Mais, pour Mlle Antoinette, l'Amérique, c'était New York. Comment un Américain aurait-il pu ne pas connaître New York ? Croyant que c'était pure timidité, elle encourageait son interlocuteur, donnait quelques détails pour montrer qu'elle en avait déjà une idée, de New York.

— Il paraît qu'il y a des gratte-ciel...

Ou elle lui parlait de ses études. Larry n'avait rien à dire sur ses études. Que voulait-il faire dans la vie ? Larry n'était pas très fixé. Ou elle l'attaquait sur son mode de vie.

— Vous ne sortez pas assez.

— Pourquoi sortirais-je ?

— Vous avez bien des amis...

Mlle Antoinette hésitait une seconde.

— ... une fiancée...

— Non, disait Larry. Je n'ai pas de fiancée.

Sans savoir trop pourquoi, Mlle Antoinette en était heureuse. De la concierge, elle avait appris que, de toute évidence, une locataire de l'immeuble, la dame du cinquième, faisait des avances au jeune Américain. Mlle Antoinette en avait été indignée. Mais, ajoutait la concierge, de toute évidence aussi, l'Américain les dédaignait, ces avances. Mlle Antoinette en avait conçu une étrange fierté. Que l'on n'aille pas, pour cela, imaginer des choses. Mlle Antoinette avait parfaitement conscience des quinze ans qui la séparaient — et dans le mauvais sens — du jeune Américain. Pas une seconde, elle n'imaginait qu'il eût pu être à elle. Mais il lui eût déplu qu'il fût à quelqu'un d'autre. Et particulièrement à la dame du cinquième. Lorsqu'elle la rencontrait, Mlle Antoinette la toisait avec une insolence chargée d'ironie et, un jour, dans l'ascenseur, elle dut se retenir pour ne pas lui dire :

— Non, Madame, vous vous trompez. Nous ne sommes pas pour vous. Cherchez ailleurs.

III

Tels étaient les sentiments de Mlle Antoinette lorsqu'un soir, peu après l'épisode de la grippe, Larry vint la trouver dans l'immense salon dont, depuis ses aménagements, elle avait fait aussi sa chambre à coucher. Mlle Antoinette lisait. Une seule lampe était allumée, qui laissait dans l'ombre les coins de la grande pièce.

— Mademoiselle, dit l'Américain en bafouillant, je suis venu vous annoncer que je me suis fiancé.

Mlle Antoinette eut un pincement au cœur. Il lui sembla que tout autour d'elle, les choses, la table, le secrétaire, que tout se mettait à glisser, lentement d'abord, puis plus vite. Elle se redressa dans sa bergère. Son visage était à la hauteur de l'abat-jour rose. A-t-elle rougi ? Avec le reflet de l'abat-jour, il était difficile de savoir.

— Je suis venu vous le dire, poursuivait Larry. Vous avez toujours été si bonne pour moi. Si... si attentive.

Il était debout, son visage dans la zone d'ombre. Mlle Antoinette avait la main à plat sur son livre. Toute la lumière était rassemblée là-dessus : la main, le livre, la jupe marron. Et, entre les phrases de l'Américain, un silence épais, ouaté.

— Je voulais vous demander...

Mlle Antoinette se leva. Son livre tomba sur le tapis, avec le coupe-papier d'ivoire qui y était pris. Larry se baissa pour les ramasser. Mlle Antoinette regardait droit devant elle. Larry lui tendit le livre. Elle n'eut pas l'air de s'en apercevoir. Larry posa le livre sur le guéridon. Mlle Antoinette se mit à parler, très vite, en petites phrases entrecoupées, qu'elle jetait devant elle, hâtivement.

— Bravo ! Bravo ! Je vous présente toutes mes félicitations. Vous avez bien fait. Je vous l'avais dit, que vous deviez vous fiancer. C'est de votre âge. Vous allez voir. Je suis ravie. Ravie. Racontez-moi. Je suis curieuse de savoir. J'espère que vous avez bien choisi. Mais non. Suis-je sotte ! Suis-je sotte ! (Elle disait n'importe quoi. N'importe quoi plutôt que le silence et son vide affreux.) Je suis sûre que vous avez très bien choisi. Vous allez me la présenter, n'est-ce pas ? Est-ce que c'est l'habitude, en Amérique ? Je suis un peu votre famille ici... Votre maman.

Là, il y eut comme une fêlure dans sa voix.

— Il faut m'excuser. Cela m'a émue.

Elle regarda enfin l'Américain.

— Vous allez être très heureux.

Larry était toujours debout, la main encore sur le guéridon où il avait posé le livre. Il avait une expression perplexe, étonnée.

— Mais asseyez-vous, dit Mlle Antoinette. Je suis bête. Je ne pensais pas à vous le dire.

Puis, sur un ton léger, presque mondain, un ton qui lui était peu naturel, vieux souvenir des thés de vieilles dames.

— C'est une Américaine, je suis sûre.

— Non, dit Larry qui, visiblement, reprenait pied avec bonheur sur un terrain plus solide. Non. C'est une Française.

— Ah, les Françaises ! dit Mlle Antoinette.

— Vous verrez. Elle est très gentille.

— J'en suis sûre. Invitez-la de ma part. Qu'elle vienne prendre le thé demain, je serai ravie de la connaître.

Son ton léger, artificiel, faisait de ces phrases quelque chose de froid, comme une vitre. Une vitre entre elle et la vie. Entre elle et cet événement.

— Non, dit Larry. Samedi.

— Pourquoi samedi ?

— Les autres jours, elle travaille. Elle est dans un bureau.

— Eh bien qu'elle vienne après le bureau. Je ne pourrais pas attendre jusqu'à samedi.

Mlle Antoinette, pour dire la dernière phrase, avait eu une moue d'enfant gâté. Mais sa voix trahissait une détresse véritable. Larry avait repris son air perplexe.

— Bien, dit-il.

Comme à regret, il se dirigea vers la porte. Sur le seuil, il a hésité, s'est retourné. Un peu plus tard, Mlle Antoinette l'entendit qui jouait du banjo. Il faudrait peut-être s'attarder ici sur les sentiments et les pensées de Mlle Antoinette. Mais Mlle Antoinette ne pensait rien. Elle se refusait à penser. Devant elle, elle voyait le vide. Devant le vide, à quoi peut-on penser ? Elle fit encore quelques rangements, prit un somnifère. Et dormit comme un ange.

Le lendemain, Mlle Antoinette sortit de bonne heure. Elle acheta des roses, des petits fours et aussi un pot à lait pour remplacer le sien dont le bec était ébréché. A six heures et demie, elle était assise dans sa bergère, à côté d'un vase de roses, lorsqu'elle entendit la clef dans la serrure, puis la voix de l'Américain, encourageante mais qui bafouillait, comme chaque fois qu'il était embarrassé, puis des pas dans le couloir. Et Mlle Antoinette vit apparaître la fiancée. Elle l'avait imaginée blonde. La fiancée était brune. Elle l'avait imaginée jolie. Elle était jolie. Très jolie. Grande, presque aussi grande que Larry, le visage rond, le teint pâle, transparent, comme une fleur, de grands yeux et une mèche ronde sur le front, comme un copeau.

Elle portait un manteau beige, sur lequel il y avait des gouttes de pluie. Et elle avait l'air fragile aussi. L'air d'une liane.

— Voilà, dit Larry. C'est Thérèse. C'est ma Française.

Il la tenait par le coude. Puis son bras retomba et Larry regarda Mlle Antoinette, comme s'il attendait quelque chose. Mlle Antoinette eut un mouvement de sympathie qui balaya définitivement les sentiments, d'ailleurs indécis, qui battaient encore de l'aile dans son cœur.

— Thérèse, dit-elle. Bonjour, Thérèse.

Larry fit entendre un petit rire. On s'assit. Mlle Antoinette servait le thé, présentait ses petits fours. Thérèse finit par s'animer.

— Je crois que nous nous entendrons bien, dit Mlle Antoinette. Et, s'il le faut, contre ce grand garçon.

— Oui, dit Thérèse en regardant Larry par-dessus sa tasse. Ce grand garçon-là a bien besoin qu'on s'occupe de lui.

Larry fit un geste de terreur, les deux bras au-dessus de sa tête. Thérèse et Mlle Antoinette se mirent à rire. Un peu plus tard, pour des soins ménagers, Mlle Antoinette alla un moment dans sa cuisine. Lorsqu'elle revint, les deux fiancés étaient debout, devant la cheminée. Larry sans doute avait voulu montrer une photographie de Mlle Antoinette, qui était là, petite fille encore, un grand nœud dans les cheveux, dans un cadre ovale. Mais déjà, ils l'avaient oubliée, la photographie. Ils se regardaient. On voyait leurs deux visages dans le miroir, au-dessus des bibelots et, autour d'eux, comme une lumière. Thérèse avait une expression grave, recueillie. Larry s'est penché. Sa joue effleura la joue de Thérèse. Et Mlle Antoinette comprit que l'amour, c'était autre chose, que ce n'était pas sa vague tendresse et son sifflotement matinal devant la fenêtre ouverte, que ce n'était pas non plus, et moins encore, le regard lourd de la dame du cinquième et le roulis de ses hanches, que l'amour, c'était cette lumière. Doucement, elle a regagné sa cuisine et, en sifflotant, elle a rangé sa vaisselle.

IV

Thérèse revint souvent. Elle arrivait après son bureau ou, le samedi, elle venait passer l'après-midi. Mlle Antoinette envoyait Larry acheter des choses et elle arrangeait un petit dîner. Pendant qu'elle s'affairait dans la cuisine, Thérèse s'emparait de ses travaux de copie et, rapidement, en ex-championne de dactylographie du département de la Seine, elle en tapait un bon morceau. Pour aller plus vite, Larry dictait, s'empêtrait dans les mots. De loin, Mlle Antoinette les entendait, Thérèse qui riait aux éclats, Larry qui maudissait la littérature contemporaine. Le dimanche, il leur arrivait d'aller ensemble au cinéma.

Or, un jour, un peu avant le dîner, Larry annonça qu'il devait retourner à Londres.

— Ah, pour votre oncle, dit Mlle Antoinette.

— Pour mon oncle ? dit Larry qui était distrait. Oui, bien sûr, pour mon oncle.

— Et quand partez-vous ?

— Samedi prochain.

— Samedi, dit Mlle Antoinette avec entrain. Cela tombe bien. Thérèse pourra vous accompagner à la gare. J'irai aussi. Ce sera moins triste.

Larry eut l'air atterré. Il lança un regard de détresse vers Thérèse. Thérèse resta curieusement impassible.

— C'est que je pars en avion.

— En avion ?

Mlle Antoinette n'avait jamais rencontré quelqu'un qui voyageât en avion. Elle regarda Larry avec intérêt.

— Et vous n'avez pas peur ?

— Oh non ! Les avions maintenant, c'est comme l'autobus.

— Ah ! dit Mlle Antoinette comme si cette réponse tranchait la question. Eh bien, nous irons vous conduire aux Invalides. Je n'y ai jamais été. Ce sera amusant.

Larry n'avait pas l'air de trouver cela amusant. Thérèse ne disait rien. Elle avait un visage fermé, hostile. Pendant le dîner, ce fut Mlle Antoinette qui fit tous les frais de la conversation.

Le lendemain, à cinq heures, dans la longue salle

de l'aérogare, très intéressée, elle contemplait le va-et-vient des voyageurs. Tous ces gens prenaient donc des avions ? Qui l'eût cru ? Même des enfants, une femme enceinte... Larry et Thérèse ne disaient rien. Croyant qu'elle les gênait dans leurs effusions, Mlle Antoinette s'éloigna sous couleur d'aller acheter des journaux pour le voyage. En revenant, c'est tout à fait machinalement qu'elle jeta un coup d'œil sur le grand tableau où sont indiqués les départs. Elle n'y trouva aucune trace d'avion pour Londres vers cette heure-là. Une autre en eût conclu Dieu sait quoi. Mlle Antoinette, en femme modeste, n'en tira que des doutes sur elle-même. « Heureusement que ce n'est pas moi qui voyage, se dit-elle. Je ne serais même pas capable de trouver l'heure de mon avion. » Elle pensa même le raconter à Larry, pour le faire rire et dissiper cette mélancolie qui avait l'air d'accabler les deux fiancés. Mais l'heure du départ approchait.

Larry disparu, les deux femmes se retrouvèrent devant l'aérogare. Il pleuvait. Thérèse avait l'air si désemparée dans son manteau beige que Mlle Antoinette la prit par le bras.

— Allons, allons, dit-elle. Il n'est parti que pour quelques jours. Venez dîner chez moi. Nous passerons une bonne petite soirée ensemble. Si vous voulez, après le dîner, nous irons au cinéma.

Thérèse se laissa emmener. Arrivée chez Mlle Antoinette, elle prit le fameux manuscrit, se mit à le dactylographier, rageusement, sans lever le nez. Mlle Antoinette prit son tricot. Tout était paisible. Le crépitement de la machine à écrire. La radio, en sourdine. Puis, à un certain moment, la machine à écrire s'est arrêtée. Mlle Antoinette a levé les yeux. Thérèse était immobile devant sa machine, le regard vague, sous sa mèche de cheveux.

— A quoi pensez-vous ? demanda Mlle Antoinette.

— A rien, dit Thérèse.

Qui, la seconde d'après, éclatait en sanglots. De vrais sanglots, rauques, douloureux, qui venaient comme du fond d'un puits. Mlle Antoinette était affolée. Elle s'agenouilla près de la jeune fille, la prit par les épaules.

— Voyons ! Ma petite fille ! Vous n'avez pas honte ! Lui qui est parti si courageusement... Mais qu'avez-vous ?... C'est parce qu'il a pris l'avion ? Les avions maintenant, ce n'est plus rien du tout. Ce sont des autobus. Ma petite fille... Pensez ! A l'heure qu'il est, il est déjà arrivé.

— Ce n'est pas ça, dit Thérèse entre deux sanglots.

— Il va revenir. Il y est déjà allé, à Londres.

Mlle Antoinette eut là, pour une seconde, un mouvement de vanité. Pour elle, ce n'était pas la première fois que Larry allait à Londres.

— C'est tout près, Londres.

— Oh ! dit Thérèse avec rage. Ce n'est pas à Londres qu'il est allé.

Mlle Antoinette se releva. Elle revoyait le grand tableau des départs. Il lui apparaissait dans une lumière d'orage, barré d'éclairs, de chiffres.

— Où est-il allé ?

— A Dakar.

Mlle Antoinette dut se le faire répéter. A Dakar ?

— A Dakar ? Chez les nègres ?

Thérèse ne devait pas avoir pensé aux nègres. Elle releva la tête.

— Non, dit-elle. C'est au Sénégal.

— Que va-t-il faire au Sénégal ?

Mais Thérèse s'était remise à sangloter. Pendant deux ou trois minutes, il fut impossible d'en rien tirer. Mlle Antoinette, dans son agitation, se promenait de long en large. Le Sénégal ? C'était incroyable ! Que venait faire le Sénégal au troisième étage d'un immeuble de l'avenue Niel ? Elle s'arrêta devant Thérèse dont les sanglots s'apaisaient.

— Eh bien ? dit-elle.

Peu à peu, non sans quelques crises de larmes encore, la vérité émergea : non, Larry n'avait pas pris l'avion pour Londres, il n'était jamais allé à Londres, il avait pris l'avion pour Dakar. Et pour faire une chose affreuse, une chose dangereuse, une chose interdite : pour passer des diamants en fraude.

— Des diamants ! s'exclama Mlle Antoinette. Cela se fraude, les diamants ?

— Il faut croire, dit Thérèse. Larry m'a dit qu'il y avait tout un trafic. Qui passe par Dakar.

— Mais alors c'est un gangster, dit Mlle Antoinette consternée.

— Non, dit Thérèse.

Non, Larry n'était pas un gangster. Cela s'était fait par hasard. Il était tombé sur une bande. On lui avait proposé le voyage. Un petit voyage. Jusqu'à Amsterdam seulement. Il avait accepté, comme ça, sans trop savoir, parce qu'il se trouvait précisément sans un sou, croyant que ce ne serait que pour une fois. Mais, depuis, la bande ne voulait plus le lâcher. Il était utile. Avec sa bonne mine, son visage innocent, son air d'avoir vingt ans, personne ne le soupçonnait. On n'ouvrait même pas ses valises. Cela faisait son quatrième voyage, un à Amsterdam, un à Anvers, deux à Dakar.

— Mais c'est abominable ! dit Mlle Antoinette.

— Ce n'est pas sa faute, reprenait Thérèse en larmes. Pas tout à fait. Il a cherché du travail mais, pour un étranger, c'est si difficile.

Elle levait vers Mlle Antoinette un visage pitoyable, bouffi de larmes. Mlle Antoinette s'était remise à marcher de long en large. La colère la soulevait. Ce Larry ! En qui elle avait eu confiance ! Et qui ne lui avait rien dit ! Alors qu'il avait tout raconté à Thérèse.

— Je l'ai supplié de ne plus le faire, dit encore Thérèse. Il dit qu'il n'y a plus moyen, qu'il a essayé mais que cette bande le tient, qu'elle le menace.

La colère de Mlle Antoinette déjà se dissipait. Ou plutôt, gardant toute sa force, elle changeait de direction, faisait place à un sentiment aussi énergique mais plus constructif. Cette bande ! On allait bien voir ! Non, Larry n'était pas vraiment malhonnête. Quand quelqu'un est malhonnête, cela se voit, cela se sent. Quelqu'un qui a l'air parfaitement honnête ne peut pas être vraiment malhonnête. Telle était, sur ce point, la doctrine de Mlle Antoinette.

— Il faut le sauver, dit-elle.

Ce soir-là encore, Mlle Antoinette prit un somnifère.

Le lendemain, dimanche, elle passa la journée à fouiller dans les papiers de sa tante, à lire de vieilles lettres, à compulser des carnets d'adresses et l'annuaire des téléphones. Le soir, elle était à la tête d'une liste d'une vingtaine de personnes avec qui elle pouvait se réclamer de liens variés. A partir du lundi, tous les après-midi, le meilleur chapeau de sa tante sur la tête, gantée de suède, Mlle Antoinette sortit. Elle connut des couloirs ; elle connut des antichambres, les unes poussiéreuses, d'autres lambrissées ; elle connut de grands bureaux ronds et des réduits mesquins, de gros hommes à cigares et des employés à cravates luisantes ; elle traversa des cours d'usines, gravit des escaliers de ministère ; elle échangea des nouvelles de tantes depuis longtemps décédées avec des cousins jamais vus jusque-là et qui apprenaient avec stupeur son existence, qui la regardaient comme si elle avait émergé d'une ère paléolithique. Elle sut attendre, patienter, feuilleter sans énervement et jusqu'à dix fois de suite les revues posées sur les guéridons. Pour vanter les talents de Larry, sa probité, son sérieux, son entregent, elle sut trouver des accents chaleureux. On lui répondait qu'on allait voir, qu'on prenait bonne note, qu'on écrirait, qu'on téléphonerait. En huit jours, Mlle Antoinette apprit à connaître tous les mots dont se servent les hommes pour dire qu'on ne les intéresse pas. Larry, entretemps, était revenu. Mlle Antoinette, avec lui, n'avait en rien modifié son attitude. Vers onze heures, elle allait faire sa chambre, toujours en sifflotant. Deux ou trois fois, Thérèse était encore venue. Elle levait vers Mlle Antoinette un regard anxieux. Mlle Antoinette ne disait rien.

Jusqu'au jour où, en rentrant, vers quatre heures, dès le vestibule, elle enleva son chapeau (qui commençait à lui donner des migraines) et entra chez l'Américain. Il était debout. Il tenait un veston. Avec un bout de linge, il s'efforçait d'enlever une tache. Cette occupation lui donnait un air modeste, zélé.

— C'est ridicule, dit Mlle Antoinette. Vous allez faire des auréoles. Maladroit comme vous êtes. Donnez-moi ce veston.

Elle le prit, le posa sur le lit. C'est invraisemblable, se dit-elle encore. Tout cela est absurde. Une tache sur un veston... La fraude des diamants...

— Thérèse m'a tout raconté, dit-elle. Cette

affaire de diamants... Vous ne pouvez pas continuer. Je me suis informée. Cela peut vous coûter cher. Non, non, reprit-elle plus vivement en voyant que l'Américain allait dire quelque chose. Pourquoi ne m'avez-vous rien dit ? J'ai des amis. J'ai été les voir. J'ai trouvé une situation pour vous. Dans une banque où il y a un service américain. On vous attend demain matin. Ce sera modeste au début mais il y a de l'avenir.

Elle avait parlé très vite. Larry s'était assis sur le lit. Les mains entre les genoux, la tête penchée, il avait l'air d'un écolier qu'on gronde.

— C'est trop tard, dit-il.

— Pourquoi ? dit Mlle Antoinette agressivement.

— C'est trop tard.

— Il n'est jamais trop tard. Vous allez téléphoner à ces gens, leur dire que vous ne voulez plus faire ces voyages.

Larry secoua la tête.

— Je suis entre leurs mains. Tout est déjà convenu. Je dois faire un nouveau voyage dans quelques jours.

— Vous leur direz que vous êtes empêché.

L'Américain se leva, ouvrit l'armoire, y prit un paquet, une enveloppe, jeta le tout sur le lit. Son geste avait été un peu plus mélodramatique qu'il n'eût fallu.

— J'ai déjà les diamants. Et l'argent du voyage. J'ai promis.

Mlle Antoinette eut un regard rapide pour le paquet qui venait jeter là son poids, son poids de diamants, comme pour faire pencher la balance. Un paquet de rien pourtant, tout petit, ficelé dans un bout de toile bleue.

— Vous irez le rendre.

— Ils me tueraient, dit Larry.

— Allons, allons, dit Mlle Antoinette qui, pourtant, avait frissonné.

— Non, ils ne me tueraient pas, reprit l'Américain sur un ton objectif. Non, je ne crois pas. Mais ils me dénonceraient.

— C'est ridicule, dit Mlle Antoinette. Ils se dénonceraient eux-mêmes.

— Est-ce qu'on sait ! Vous ne les connaissez pas. Ils ont des ramifications partout. Ils peuvent me livrer pour s'acheter des indulgences. Mes voyages ont laissé des traces. Comment pourrais-je me justifier ? En tout cas, on m'enlèverait mon permis de séjour.

Mlle Antoinette eut un mouvement où entraient, à parts égales, la colère et le découragement.

— Comme vous voudrez, dit-elle. Mais je ne veux pas d'un contrebandier chez moi. Vous me comprenez ?

— Je comprends, dit Larry.

Mlle Antoinette avait fait un pas vers la porte. Elle se retourna. Larry était debout. Son visage était comme un désert, comme un paysage que vient de griffer un vent furieux.

— Vous avez raison, dit-il. Je ne sais pas exactement ce que ces gens pourraient me faire. Mais ils feraient quelque chose. Et j'ai peur. J'ai peur.

— Enfin ! dit Mlle Antoinette. Et si vous étiez malade pourtant, avec quarante de fièvre, hors d'état de voyager ? Cela arrive, qu'on soit malade. Même chez les fraudeurs de diamants.

— C'est ça, dit Larry en haussant les épaules. Et je leur enverrai un certificat médical.

— J'irai le leur dire, moi.

— Vous ?

— Oui, moi. Vous êtes malade. Vous ne pouvez pas vous lever. Je peux même leur dire que c'est contagieux. Vous envoyez quelqu'un pour leur rendre les diamants. C'est bien naturel.

— Non, dit Larry. Je ne veux pas que vous soyez mêlée à cela.

— Ils ne vont pas me manger, non ? dit Mlle Antoinette avec un petit rire nerveux. Je ferai semblant de ne pas savoir de quoi il s'agit. Vous m'avez chargée de porter un paquet. Je le porte. Je ne sais pas ce qu'il y a dedans. Dans ces conditions, que voulez-vous qu'ils me disent ? Ils me diront merci, c'est tout.

— Non, dit Larry.

— Ne faites pas l'enfant. Quelle est l'adresse ?

Un quart d'heure plus tard, le chapeau de nouveau sur la tête, Mlle Antoinette était dans un taxi et le chauffeur, un gros brun, ricanait parce que, dans son rétroviseur, il la voyait gesticuler, froncer les sourcils, remuer les lèvres avec un petit air féroce.

L'individu en question gîtait dans un immeuble auquel on accédait par une des galeries des Champs-Élysées. Mlle Antoinette eut encore une fois à parcourir un couloir infini. Vint lui ouvrir un homme d'une trentaine d'années, le nez un peu de travers, fort élégant dans un costume prince-de-galles et qui embaumait la lavande.

— Monsieur Joseph ?

— Madame, dit l'homme avec une politesse de coiffeur.

Mlle Antoinette rectifia : mademoiselle.

Et elle entra. La porte ouvrait directement sur le living-room assez exigu mais qu'une grande baie et des meubles jaune clair égayaient.

— C'est gentil chez vous, dit Mlle Antoinette.

Alors que, dans le couloir, elle avait dû encore s'arrêter tant le cœur lui battait, elle se sentait ici parfaitement à l'aise. Les meubles jaune clair sans doute. Et ce M. Joseph qui était exactement pareil, en plus poli, à ce qu'elle avait imaginé.

— Je m'assied, dit-elle.

— J'allais vous le proposer, dit M. Joseph.

Mlle Antoinette regarda encore autour d'elle. Elle ne savait trop par où commencer.

— J'aime beaucoup les meubles modernes, dit-elle. Pour la poussière, c'est si commode. Les vieux meubles, ne m'en parlez pas.

— Je ne songeais pas à vous en parler, rétorqua M. Joseph avec une politesse très appuyée.

Assez décontenancé lui-même, il avait pris dans

sa poche un porte-cigarettes noir et il le faisait glisser entre ses doigts.

— Voilà, dit Mlle Antoinette. Je viens de la part de Larry.

— Larry ? dit M. Joseph. Je ne connais pas.

— Larry, dit fermement Mlle Antoinette qui avait prévu la réplique. Il est très malade. Il ne pourra pas faire le voyage qu'il avait projeté. Il m'a priée de vous apporter ce paquet...

Elle le tira de son sac, le posa sur la table.

— Et de vous remettre cette enveloppe.

Toujours debout, M. Joseph, du bout de son porte-cigarettes, effleura le paquet.

— Je ne sais absolument pas de quoi vous parlez.

— Oh, ce que vous êtes lent ! dit Mlle Antoinette agacée. Si ce paquet n'est pas à vous, il ne me reste qu'à le porter au commissariat. Je dirai que je l'ai trouvé dans la rue. Ils en feront ce qu'ils voudront. Et dans un an, il sera à moi... J'aurai peut-être une bonne surprise, conclut-elle sur un ton folâtre.

M. Joseph eut l'air assez frappé. Il s'approcha, pinça le pli de son pantalon, s'assit sur le bord de la table.

— Je vous répète, Madame...

— Mademoiselle...

— Je vous répète, Mademoiselle, que je ne sais absolument pas de quoi il s'agit. Mais je ne vous empêche pas de parler.

— Je vous ai tout dit : Larry est malade. Il ne peut pas faire le voyage.

— C'est sans importance, dit M. Joseph.

Il prit le temps de présenter une boîte de cigarettes à Mlle Antoinette, qui refusa, d'en mettre une dans son porte-cigarettes, de l'allumer.

— C'est sans importance, reprit-il. Ce voyage peut attendre.

— Le médecin est formel, dit Mlle Antoinette en mettant dans sa voix quelque chose de l'assurance médicale. Larry en a pour longtemps.

Sous son nez de travers, M. Joseph sourit — de travers aussi.

— Tant mieux. Qu'il fasse le voyage avec une bonne fièvre. Cela attendrira tout le monde et on en oubliera de regarder dans ses valises.

— Non, dit Mlle Antoinette fermement. Ne comptez plus sur lui.

— Il n'est pas malade du tout, n'est-ce pas ?

— Il est très malade.

— Pauvre garçon ! dit M. Joseph. Il avait l'air de si bien se porter.

Il contempla rêveusement son porte-cigarettes. Puis :

— Remarquez que je comprends très bien. Très bien. Mais mes associés seront très déçus. Cela pourrait les porter à des gestes... A des gestes que tout le monde regretterait.

— C'est idiot, dit Mlle Antoinette avec feu. Larry a travaillé pour vous. Maintenant, il ne veut plus le faire. Il est bien libre, je pense.

— Et s'il parle ?

— Il ne parlera à personne.

— Je voudrais vous croire. Mais il vous a bien parlé à vous.

Les meubles jaune clair n'avait pas changé pourtant. Ils n'avaient plus leur air paisible. Devant Mlle Antoinette, M. Joseph balançait lentement la jambe et son soulier orange. Le pli impeccable du pantalon lui-même se faisait menaçant.

— Que voulez-vous ? murmura Mlle Antoinette.

— Oh, rien, trois fois rien, dit M. Joseph avec beaucoup de détachement. Ce paquet doit être transporté, c'est tout. Nous comptions sur Larry. Rien n'est changé. Dites-le-lui.

Il y eut alors, dans la tête de Mlle Antoinette, comme un vide vertigineux. Puis une rumeur, un brouhaha, comme un roulement de tambour. Avec stupeur, elle entendit sa voix.

— Et si je vous le portais, moi ?

— Vous ? dit M. Joseph.

On eût dit qu'il venait de recevoir un coup sur la nuque. Ou encore qu'il se dégonflait. A la lettre. Ses épaules s'étaient affaissées. Son air rusé avait disparu. Il ne lui restait qu'une expression assez imbécile.

— Moi, reprit Mlle Antoinette. Pourquoi pas ? Vous teniez à Larry à cause de sa bonne mine. N'ai-je pas l'air honnête, moi aussi ? De toute façon, je suis déjà dans la confidence... Plutôt que d'aller chercher quelqu'un d'autre...

M. Joseph s'était levé. Au-dessus de son porte-cigarettes, il regardait Mlle Antoinette, son chapeau, son manteau à col de lapin, ses grands traits réguliers.

— C'est vrai que ce serait inédit, comme genre, dit-il.

Tout son vernis, d'un seul coup, s'était écaillé. Il alla jusqu'à la fenêtre, pianota sur la vitre. Derrière lui, derrière son grand dos quadrillé, Mlle Antoinette n'avait plus qu'une envie : de fuir, de fuir à toutes jambes. Larry se débrouillerait comme il le pourrait.

— D'accord, dit M. Joseph en revenant. Enfin, d'accord en principe. Il faut que j'en parle à mes associés.

Son expression avait changé. De coiffeur, il était devenu patron de restaurant : l'air engageant, de la rondeur. Son langage même s'était modifié.

— L'idée est bonne.

Il eut encore un regard qui enveloppa Mlle Antoinette tout entière.

— Avant qu'un douanier ne songe à vous soupçonner... Vous connaissez nos conditions ? Quatre cent mille. Mais au retour.

Mlle Antoinette eut un éblouissement. Et, accessoirement, une pensée de pitié pour son interlocuteur. Ces gangsters étaient idiots. Pour sauver Larry, elle aurait fait le voyage gratuitement.

— Cela peut aller, dit-elle. Mais vous laisserez Larry tranquille.

— Tout ce que nous demandons, c'est que le paquet soit transporté. Que ce soit par Larry ou par vous, cela nous est bien égal. Vous savez ce que vous risquez si vous nous doublez.

— Si je double quoi ? demanda Mlle Antoinette pour qui cette expression était hermétique.

— Si vous nous roulez. Si vous gardez le paquet.

— J'en serais bien embarrassée, de votre paquet.

— Ça, c'est une bonne mentalité, Mademoiselle, dit M. Joseph avec conviction. Les gens croient toujours qu'ils vont pouvoir s'en tirer tout seuls. Mais, dans le commerce, ce qui est difficile, c'est le débouché.

— C'est vrai, dit Mlle Antoinette.

Laquelle, pour tout dire, ne savait plus très bien où elle en était. Elle regardait mais de très loin une autre Antoinette qui, le chapeau sur la tête, s'enfonçait dans un univers inimaginable, qui cheminait dans un désert jaune.

— Écoutez, poursuivit M. Joseph sur un ton plus précis. Demain, vous irez à l'Institut Pasteur, pour le vaccin. Ce n'est pas pour nous, vous pensez, mais sans le vaccin, on ne vous laisse pas partir. Vous verrez, ce n'est rien. Après-demain, vous reviendrez me voir. Notez que, moi, j'ai confiance. Je ne sais pas pourquoi, mais j'ai confiance. Vous aurez remarqué, je me suis vite déboutonné. Je le dis toujours : dans les affaires, si on ne se fiait pas à son instinct, on ne ferait jamais rien. Mais, pour mes associés, j'ai besoin de quelques renseignements. Il nous faut d'honnêtes gens. Scrupuleux même. A propos, votre casier judiciaire, il est vierge ?

— Mon casier judiciaire ? dit Mlle Antoinette.

En rentrant, elle a dit à Larry.

— Voilà. Tout est arrangé.

Larry en était bleu.

— Comme ça ? Et il n'a pas fait d'histoires ?

— Je l'ai calmé. Ce n'est pas un ogre, votre Monsieur Joseph.

Elle a ajouté, non sans une pointe de méchanceté :

— Vous aviez tort de vous croire indispensable.

Et elle lui a emprunté un roman policier. Le soir, dans son lit, elle l'a lu très attentivement. Le surlendemain, elle est retournée chez M. Joseph qui lui a donné ses instructions. Les renseignements, il faut le croire, avaient été bons.

V

Elle a fait le voyage, bravement. A Larry et à Thérèse, elle a raconté qu'elle devait aller voir une de ses tantes, dans le Loir-et-Cher.

— Pauvre chère âme ! Je crains qu'elle n'en ait plus pour très longtemps.

Heureusement, moins prévenants qu'elle ou plus

occupés (Larry avait déjà commencé son service à la banque), ils n'ont pas proposé de la conduire à la gare. L'égoïsme de la jeunesse a du bon. Il remplace cette discrétion qui, généralement, lui manque. Mlle Antoinette a très bien supporté l'avion. Elle s'était si bien préparée à avoir peur que, finalement, crispée, recroquevillée sur elle-même, ahurie, elle a oublié d'avoir peur. Même, l'avion envolé, elle a eu une impression assez curieuse : l'impression que sa peur était restée derrière elle, sur l'aire venteuse d'Orly. Elle se sentait déjà transformée. Tout lui paraissait simple, facile. A l'aéroport de Dakar, le douanier a regardé son chapeau, son manteau à col de lapin et c'est sans même lui faire ouvrir ses valises qu'il a tracé dessus une croix à la craie. C'est-à-dire qu'il a voulu le faire mais, sur des valises d'osier, ça n'allait pas. Ça a eu l'air de le préoccuper. Il a fini par cases ses croix sur les courroies. Il était une heure du matin lorsque Mlle Antoinette est sortie de l'aéroport. Elle n'a rien pu voir que des Noirs qui devisaient, en djellabah blanches ou violettes. Et un autre aussi qui, prosterné, sous la lumière crue des grands lampadaires, faisait sa prière.

Mais, le lendemain matin, à l'hôtel, en ouvrant ses volets, Mlle Antoinette ne put retenir un cri. A cinquante mètres, il y avait quoi ? on vous le donne en mille, il y avait la mer. Mlle Antoinette n'avait pas pensé à la mer. Devant l'hôtel, entre des pelouses étagées en terrasses et entrecoupées de chemins de brique pilée, un large escalier descendait jusqu'à la mer qui formait là une anse ronde comme une tasse. La mer était calme, bleue vers l'horizon, verte le long de la plage. A droite, un promontoire pelé. A gauche, un village de cases grises. Au-dessus, un soleil brouillé, comme pris dans une buée. Là, pour la première fois, Mlle Antoinette eut vraiment peur. Peur non de ce paysage mais de s'y trouver. Comme venue du fond de l'horizon, une vague la soulevait, pareille au ressac ourlé qu'elle voyait à la pointe du promontoire. Était-ce Mlle Antoinette encore ? Mlle Antoinette ? Mlle Antoinette au Sénégal ? Mlle Antoinette au neuvième étage d'un grand hôtel, face à la mer, face au soleil, face à l'Afrique ? Quelques latitudes suffisent-elles donc pour transformer un être ? En cette minute précise, sur sa terrasse, Mlle Antoinette sentait s'éveiller en elle une furieuse aventurière. Et elle décida que son manteau à col de lapin, ce n'était pas ça.

A dix heures moins le quart, elle descendit, erra un moment dans le hall. A dix heures précises, conformément aux instructions de M. Joseph, elle se dirigea vers l'ascenseur n° 2. Un homme aussitôt s'approcha, émergé d'un des fauteuils du hall. L'ascenseur arrivait. Un Noir à tunique verte a ouvert la porte. Mlle Antoinette est entrée dans la boîte aux parois lisses. L'homme l'a suivie.

— A quel étage allez-vous, Madame ?

— Mademoiselle, a précisé Mlle Antoinette.

Puis :

— Au neuvième.

L'homme a appuyé sur le bouton. Puis, il a laissé tomber son chapeau. C'était le signe convenu. Mlle Antoinette a ouvert son sac, a tendu le paquet. La boîte continuait à monter. Ils se sont regardés. Il avait un bon visage, cet homme. Une expression ouverte. La silhouette assez lourde, le cou un peu trop enfoncé dans les épaules. L'ascenseur s'est arrêté. L'homme a ouvert la porte. Il a encore eu un sourire, bref mais très gentil. Mlle Antoinette est sortie. Et, désireuse d'aller voir la mer, elle est redescendue par l'ascenseur en face.

Elle a pris l'escalier entre les pelouses. Ces larges marches, le ciel, la mer, la grande façade de l'hôtel, aucune autre maison dans les parages, tout cela composait un espace immense où Mlle Antoinette se sentait toute petite et perdue, où elle cheminait comme un hanneton sur la place du Panthéon. On n'entendait rien, que la rumeur monotone de la mer et aussi, venant du tennis, le heurt régulier des balles ou une exclamation. Sur la plage, un homme disposait des parasols et des transatlantiques.

Mlle Antoinette a marché le long de la mer. Elle était étrange ainsi, inattendue, avec son chapeau droit et son paletot sombre. Au bout de quelques minutes, elle est arrivée au village noir. Sur la plage, des Noirs réparaient une grande barque. Un autre lavait un agneau dans la mer. L'agneau relevait la tête, tendait le cou, essayait de se dégager, avec des gestes de bébé dans son bain. Devant les cases grises, d'un gris de cendre, il y avait des femmes noires, étranges aussi, étranges dans ce décor gris et triste, habillées comme des marquises de garden-party avec des tulles, des mousselines, des fichus à coques, de grandes robes violettes ou roses ou bleu indigo. Les unes étaient jeunes et frêles. D'autres, moins jeunes, étaient énormes, péremptoires, leurs épaules épaisses, gonflées et satinées jaillissant des robes décolletées. Au-dessus, volaient lourdement de grands oiseaux sombres. Et régnait une odeur fade, étouffante. Mlle Antoinette se sentait un peu angoissée. Elle se força à avancer. Personne ne faisait attention à elle. Un petit Noir la dépassa en courant. La plage, là, finissait. Il ne restait qu'un sentier, à travers un terrain fait tout ensemble de sable et de pierres. Brusquement, Mlle Antoinette s'arrêta. Devant elle, le sable gris remuait, bougeait, ondulait, grouillait. En y regardant mieux, elle vit que c'étaient des centaines de petits crabes qui, apeurés par son approche, regagnaient leurs trous. Et Mlle Antoinette entendit une voix qui disait :

— Vous vous promenez ?

Mlle Antoinette sursauta, se retourna. A trois pas, il y avait l'homme de l'ascenseur. Il était immobile. Derrière lui, tout le paysage, les cases, la mer, l'ourlet blanc du ressac, les oiseaux sombres, la haute façade de l'hôtel. Et un avion qui descendait vers l'aéroport. L'homme sourit, avança vers Mlle Antoinette, souleva son chapeau.

— Je croyais que nous devions faire semblant de ne pas nous connaître, dit Mlle Antoinette presque sans remuer les lèvres et le regard vide, comme elle l'avait vu faire par les gangsters des films.

— Bah ! dit l'homme. Il ne faut pas exagérer. Deux Européens qui se rencontrent dans un village noir, ce serait plutôt s'ils ne causaient pas qu'ils seraient suspects.

Mlle Antoinette sut qu'elle rougissait. Il l'avait suivie, c'était certain. Elle lui lança un regard en biais. Il était très bien, cet homme-là. Pas du tout le genre qu'on aurait pu croire. Une bonne tête ronde, le teint vif. Un rien de vulgarité peut-être, mais d'une vulgarité solide, qui inspirait confiance. Mlle Antoinette s'était remise à marcher. L'homme marchait à côté d'elle. On se serait cru très loin. Le paysage était vide : du sable, des pierres, une herbe rare. Et, de temps en temps, ce frémissement de crabes.

— Comment vous trouvez ? dit l'homme.

Il parlait avec l'accent de Paris, une voix qui traînait.

— Moi, pour ne rien vous cacher, ça me fait plutôt penser à la pointe du Raz.

— C'est vrai, dit Mlle Antoinette qui n'avait jamais vu la pointe du Raz.

— Et Paris ? reprit l'homme. Comment va Paris ?

— Paris va bien, dit Mlle Antoinette, avec un rire de tourterelle qui la surprit elle-même.

Ils étaient arrivés à une pointe rocheuse. L'homme tendit la main à Mlle Antoinette pour qu'elle pût arriver jusqu'au bord. En dessous d'eux, à cinq mètres, les vagues bouillonnaient, tapaient à coups sourds, déferlaient entre les roches et se retiraient dans un soupir profond. Un petit bateau, surmonté d'une voile carrée et noire, passait au large.

— Je dois rentrer maintenant, dit Mlle Antoinette. Il vaut mieux nous séparer.

— Déjà ? dit l'homme avec une telle expression de regret que Mlle Antoinette, encore une fois, rougit. Vous avez des projets pour cet après-midi ?

— Je pensais visiter Dakar. Mais il ne serait pas prudent que nous y allions ensemble.

Les sentiments vifs sont contagieux. Un peu du regret qu'il y avait dans la voix de l'homme avait passé dans celle de Mlle Antoinette.

— Vous savez ce que vous devriez faire, dit l'homme. Si vous voulez, bien entendu, corrigea-t-il aussitôt.

— Oui, dit Mlle Antoinette en battant des paupières.

— Cet après-midi, vous prendriez le bateau pour l'île de Gorée. Là, nous ne rencontrerons personne. Je vous ferais visiter. C'est pittoresque. Ça plaît, généralement.

A trois heures moins dix, après avoir déjeuné dans l'immense salle à manger de l'hôtel, où de grands rideaux orange battaient comme des voiles, Mlle Antoinette prenait le bateau. Gorée est une île, assez petite, en face de Dakar, à deux pas ou, plus précisément, à trois kilomètres, importante jadis parce que s'y était installé le chevalier de Boufflers, gouverneur de l'endroit en 1786, maintenant délaissée. En y débarquant, on trouve d'abord une vaste place, d'une forme irrégulière ou même sans forme du tout, bordée de vieilles maisons. C'est là que Mlle Antoinette aperçut l'homme de l'ascenseur. Il venait vers elle mais nonchalamment, comme s'il ne l'avait pas reconnue, comme quelqu'un qui flâne. Arrivé à sa hauteur, il obliqua vers elle, s'arrêta, souleva son chapeau, avec un mélange d'obligeance, de réserve et de rondeur. C'était parfait. Personne n'aurait pu soupçonner qu'ils se connaissaient. On eût juré un homme qui, voyant une femme seule, risque sa chance. Mlle Antoinette en eut un pincement au cœur. Depuis la fameuse aventure du trottin, place des Ternes, jamais aucun homme ne l'avait abordée. Place des Ternes pourtant, elle l'avait repoussé, l'homme. Mais ici ? En Afrique ? Plus rien n'était pareil. Imagine-t-on un trottin dans l'île de Gorée ? Et, en même temps, à cause des recommandations faites à Paris, c'était un peu comme une escapade. Depuis sa quatorzième année, Mlle Antoinette n'avait plus jamais fait quelque chose qui lui eût été défendu. Ils avaient quitté la place. Ils étaient dans une ruelle coupée en deux par l'ombre. L'homme avait pris Mlle Antoinette par le coude. Il parlait avec une voix de cicérone. Mlle Antoinette était si troublée qu'elle n'écoutait qu'à moitié.

— L'île de Gorée... Les Anglais... Les Français... Vous voyez, c'est resté intact. On se croirait en France... Ils avaient la nostalgie probablement... Je m'appelle Maurice. Et vous, Mademoiselle ?

Il dut répéter.

— Antoinette...

— Antoinette ! oh, oh... c'est un nom de reine, dit l'homme sur un ton pénétré. Voici la Maison des Esclaves. Jadis, on y mettait les esclaves, avant de les embarquer. Il paraît que c'est beau. Remarquez l'escalier.

Et, après un moment, d'une voix étranglée :

— Il est en fer à cheval.

A vrai dire, s'il n'y avait pas eu, de temps en temps, une femme noire aux épaules lisses dans une robe éclatante, on se serait cru dans un vieux village provençal. Des ruelles étroites où l'on enfonçait dans un sable léger comme de la poudre, bordées de murs gris, de maisons ocre ou roses. De petites places qui avaient l'air faites tout juste pour un seul arbre au feuillage rond comme un lustre. D'autres maisons, plus grandes, secrètes, des barreaux aux fenêtres et couvertes de bougainvillées. Et au bout de chaque ruelle, la mer. Comme Mlle Antoinette était fatiguée, ils allèrent s'asseoir un moment dans le jardin du chevalier de Boufflers. Il n'y avait personne. Tout était sec et silencieux. En sortant, Mlle Antoinette vit sept ou huit Noirs qui transportaient des chaises.

— Ce sont les détenus, dit M. Maurice. Ici, on les laisse libres. Ils font les corvées.

Puis, ils allèrent jusque sous les remparts du fort. Ce sont de hauts murs, eux-mêmes posés sur des rochers roides qui tombent à pic dans la mer. Au loin, on voyait les façades blanches de Dakar, les installations du port, de grands paquebots. A une certaine époque, on avait dû renouveler l'artillerie du fort mais on s'était contenté de jeter les vieux canons par-dessus le parapet. Ils étaient là, dans les éboulis de roches, pêle-mêle. Il y avait une mosquée aussi, toute petite et basse. Mlle Antoinette s'était assise sur un bout de vieux mur. Maurice s'assit par terre, les bras autour des genoux, son chapeau sur les yeux.

— C'est calme, dit-il.

— Oui, dit Mlle Antoinette. On est bien.

On n'entendait qu'une rumeur, très loin, imprécise, faite d'on ne savait quoi.

— Je crois que je finirai par acheter une maison ici, reprit Maurice. Avec des fleurs. Ça me plairait. Les villes, moi...

Il parlait mollement. Les mots, apparemment, n'avaient pas plus d'importance que la lointaine rumeur.

— Et votre travail ? dit Mlle Antoinette.

— J'ai une petite affaire d'exportation. Cela marche tout seul. J'aurais le bateau pour y aller.

— Oui, dit Mlle Antoinette. Ce serait comme si vous habitiez en banlieue. Rien de plus.

— Rien de plus, dit Maurice.

Brusquement, Mlle Antoinette se souvint des diamants. Dans la douceur de l'air, elle les avait oubliés.

— Si vous avez une affaire d'exportation, pourquoi vous occupez-vous de ces diamants ?

Maurice haussa les épaules.

— Je ne sais pas, dit-il. C'est plutôt un service que je rends. Joseph me l'a demandé. J'ai dit oui. Ça met toujours un peu de beurre dans les épinards.

Au passage, Mlle Antoinette reconnut l'expression. Elle était familière aussi à sa tante Losseau. Ce rapprochement emplit Mlle Antoinette de stupeur. Tout cela était si loin... La tante Losseau... Et elle était au Sénégal. Avec un homme. A regarder la mer. L'avenue Niel... Cela existait-il vraiment, l'avenue Niel ? La concierge ? L'escalier ? Tout cela déjà disparaissait, s'enfonçait là-bas, dans une poussière brillante, dans les reflets de mica de la mer.

— Vous risquez beaucoup.

— Non, dit Maurice avec beaucoup de calme. C'est le convoyeur qui risque. Moi, je n'entre en piste que lorsque le convoyeur a réussi.

Lui aussi, il devait avoir oublié les diamants. Il repoussa son chapeau en arrière, leva les yeux vers Mlle Antoinette.

— C'est vous qui risquez, dit-il. Et vous risquez gros. Pourquoi faites-vous ce travail ?

— Moi aussi, c'est un service que je rends, dit Mlle Antoinette.

Maurice eut un haussement d'épaules excédé.

— Avec les services, on n'en a jamais fini, dit-il.

Il prit un caillou, le lança rageusement devant lui.

Le lendemain, ils se sont encore retrouvés près du débarcadère. Mais, cette fois, ils sont allés tout de suite s'asseoir au bas des remparts, devant la petite mosquée. Ils n'ont pas beaucoup parlé.

— Demain, vous serez partie, dit enfin Maurice.

— Oui.

— Ce sera triste pour moi.

Mlle Antoinette n'a rien répondu. Assise sur son bout de mur, le visage droit, elle avait l'air d'écouter. D'écouter quelqu'un ou quelque chose qui eût été très loin. Un grand paquebot entrait lentement dans le port de Dakar. Un oiseau piqua vers la mer, remonta en secouant le bec. Le regard vide, Maurice posa sa joue contre le genou de Mlle Antoinette. C'était un geste doux, paisible, où on eût dit qu'il y avait quelque chose du silence qui les entourait. Un moment, ils restèrent ainsi, comme anéantis sous le soleil cotonneux. Puis Maurice se releva.

— Venez.

— Où ? dit Mlle Antoinette comme si elle se réveillait.

— Vous allez voir.

Il la prit par le coude, l'entraîna dans une ruelle. Il marchait vite, avec un sourire zélé. Ils traversèrent une place, une aire de sable devant une église courte, à colonnes blanches. Puis, ils arrivèrent à une sorte de cour, en ruine, où des fenêtres vides béaient sur rien. Au fond, derrière une grille, s'étendait — mais peu — un jardin carré, bourré de plantes à feuilles larges et marqué en son milieu par un haut palmier. Derrière le jardin, une maison blanche, précédée d'une galerie. Il y avait des jarres aussi et, au coin de la maison, comme un drapeau, un immense bougainvillée.

— Elle est à vendre, dit Maurice.

— Ah oui ? dit Mlle Antoinette.

— Oui.

Maurice regardait alternativement la maison et Mlle Antoinette. Ses yeux brillaient.

— Je pourrais l'acheter. Elle est dans mes prix. Qu'en pensez-vous ?

— Elle me paraît bien.

Maurice devait s'attendre à plus d'enthousiasme. Son visage large refléta une certaine déception.

— Elle vous plairait ?

— C'est vous qui devez l'acheter, dit Mlle Antoinette.

Cette fois, Maurice avait l'air franchement abattu.

— Je croyais que cela vous intéresserait...

Du bout de l'index, d'un geste machinal, il suivit une des ferronneries de la grille. Puis, ils s'éloignèrent. Mais, au moment de sortir de la cour en ruine, Mlle Antoinette se retourna, regarda encore la maison.

— On devrait pouvoir être heureux là-dedans, dit-elle.

Maurice s'arrêta net, le visage transfiguré. Il enleva son chapeau, l'écrasa entre ses deux mains — c'était un chapeau de toile.

— Vous le pensez vraiment ?

— Oui, dit Mlle Antoinette.

Il eut une seconde d'hésitation. Puis, timidement :

— Vous pouvez rester.

— Non, dit Mlle Antoinette.

Mais elle levait vers lui un regard bouleversé.

— Vous voulez toujours partir demain ? Il le faut ?

— Oui, il le faut.

— C'est à vous de savoir, dit Maurice. Mais, je vous demande une promesse. D'ici un mois, il doit y avoir un nouveau transport. C'est vous qui le ferez ?

— Je vous le promets, dit Mlle Antoinette.

VI

C'est avec un serrement de cœur que Mlle Antoinette a retrouvé l'avenue Niel. Cet appartement qui lui avait toujours paru si vaste, si majestueux, elle le trouvait maintenant petit, mesquin, poussiéreux et sans air. Et Larry ! Comment avait-elle pu le trouver charmant ? C'était un jeune homme quelconque, sans intérêt. Il parlait de son bureau, de ses collègues, de son directeur. C'était minable.

Et M. Dossin. Ce réveille-matin, tous les jours. Et ces vestons ternes, ces rues pluvieuses.

— Dans le Loir-et-Cher, il y avait un soleil magnifique ! s'exclamait Mlle Antoinette incapable de mentir tout à fait.

— Tiens ! disait Larry qui en était à s'intéresser au temps. Comme c'est curieux ! A Paris, il n'a pas cessé de pleuvoir. Le Loir-et-Cher, ce n'est pas si loin cependant.

Il a même eu une querelle à ce sujet, à la banque, avec un de ses collègues. Le matin, on entend deux réveils maintenant. A huit heures, celui de M. Dossin. Dix minutes plus tard, celui de Larry. Thérèse vient toujours le samedi, le dimanche. Elle est radieuse. Elle parle de son trousseau. Elle se jette dans les bras de Mlle Antoinette.

— Sans vous, Mademoiselle...

Mlle Antoinette est très touchée, bien sûr. Mais elle trouve tout ça d'un fade !

Le lendemain de son retour, elle est allée faire son rapport à M. Joseph. M. Joseph l'a reçue avec enthousiasme. Il est enchanté. C'est spontanément qu'il a offert à Mlle Antoinette de se charger du prochain transport. Elle a fait semblant d'hésiter, d'avoir beaucoup à faire. Elle a fini par accepter. Il est devenu beaucoup plus gentil, M. Joseph. Ne se méfiant plus, il a repris son naturel, qui est jovial. Il en fredonnait, ma foi. Mlle Antoinette a dû lui donner une tape sur les doigts parce que, dans sa bonne humeur, il la prenait par la taille. Quelques jours plus tard, il a invité Mlle Antoinette à dîner, dans un restaurant des Champs-Élysées, en cabinet particulier, avec quelques amis. Mlle Antoinette a trouvé ces messieurs plutôt agréables. Comme elle était la seule femme, ils ont été galants, lui ont fait un doigt de cour. Oh, les hommes ! Ce n'était que pour rire, bien entendu, mais ce n'en était peut-être que mieux. Ces messieurs employaient parfois des locutions étranges. Mlle Antoinette a voulu les apprendre et, au dessert, elle a très bien dit :

— Il n'est pas salingue, ce petit vin-là.

Au retour, les pommettes allumées, elle s'est regardée dans son miroir. Non, elle ne se reconnaissait plus. Elle est aussi allée chez un coiffeur. Un grand coiffeur. Qui lui a fait compliment de ses cheveux. Il paraît qu'ils sont beaux. Mais qu'ils seraient plus beaux encore avec des reflets dorés. Mlle Antoinette a accepté les reflets dorés. « Voulez-vous la manucure ? » Oui, Mlle Antoinette voulait la manucure. Et elle a acheté pour douze mille francs de crèmes variées. De là, elle est allée chez une couturière. Elle voulait se commander un tailleur gris anthracite. La couturière lui a dit que la mode en passait. Mlle Antoinette a pris un tailleur à pois, une robe bleu roi, avec un nœud de piqué blanc et une autre robe, orange à dessins noirs, plus légère, pour les promenades dans Gorée. Sans compter un manteau rouge. Mais, elle a reculé devant les souliers de la même couleur.

A Larry et à Thérèse, pour justifier ses dépenses,

elle a raconté que, se sentant proche de la fin, sa tante du Loir-et-Cher lui avait fait une avance sur son héritage. Cela lui a permis aussi de procéder à quelques aménagements dans la chambre de Larry, en vue du mariage. Car il a été décidé qu'en attendant de trouver mieux, Larry et Thérèse s'installeraient chez elle. Mlle Antoinette a changé les rideaux, acheté un tapis et fait mettre un grand lit. Larry aurait préféré des lits jumeaux mais Mlle Antoinette s'est moquée de lui, et en des termes qui ont laissé Larry pantois.

Le 12 mars, a eu lieu le mariage. Mlle Antoinette a voulu se charger de la réception. Une réception très intime, limitée aux parents de Thérèse et à M. Dossin, qui a servi de témoin à Larry. Mais autant ça l'a amusée de la préparer, cette réception, autant la réception elle-même l'a ennuyée : M. Dossin qui parlait de la Dordogne (où il compte passer ses vacances), le père de Thérèse qui parlait traitements, la mère de Thérèse qui parlait ménage. Dans sa nouvelle robe bleu roi, Mlle Antoinette se sentait à mille lieues de tout cela. Une autre vie battait en elle, et d'autres souffles. Pour ne pas avoir l'impression de perdre tout à fait son temps, elle s'est fait expliquer minutieusement la recette du soufflé au fromage. Elle n'a jamais su le faire, le soufflé. Après quoi, soucieuse de préparer déjà les esprits à son prochain voyage, elle a évoqué le joli geste de sa tante et annoncé qu'elle allait en profiter pour réaliser un vœu très cher : aller à Rome.

— A Rome ! s'est exclamé le chœur des présents où dominait la forte voix de M. Dossin.

— Mais oui, à Rome.

— La Ville éternelle, a dit le père de Thérèse.

— Il paraît que c'est sale, a dit la mère.

— Et vous partez bientôt ?

— J'ai déjà réservé ma place. Je prends l'avion le vingt-trois.

— L'avion ? a dit le chœur.

— Eh bien ! a ajouté M. Dossin. Notre Mademoiselle Antoinette en avion. On aura tout vu.

Mlle Antoinette eut un sourire où les présents purent ne voir qu'un timide orgueil mais où il y avait, en réalité, une ironie infinie. « Notre Mademoiselle Antoinette... » De qui parlaient-ils ?

Le 23, Mlle Antoinette se mit en route. Larry avait bien proposé de l'accompagner à l'aérogare mais Mlle Antoinette avait réussi à l'en dissuader : alors qu'il était tout nouveau dans son emploi, il valait mieux ne pas demander de congé. Larry s'était laissé convaincre. Dans son impatience, Mlle Antoinette arriva beaucoup trop tôt aux Invalides. Elle prit un journal, alla s'asseoir dans le bar. Elle avait posé son billet devant elle. Le départ avait lieu à quatre heures. A quatre heures moins dix, Mlle Antoinette leva les yeux. Larry était devant elle.

— Ne me grondez pas, dit-il en rougissant. J'ai demandé au directeur. C'était trop triste de vous laisser partir seule.

Il posa sur la table un sachet de bonbons. Atterrée, Mlle Antoinette sourit.

— C'est très gentil, dit-elle. Retournez vite à votre bureau.

Mais Larry s'était assis.

— Vous en avez de la chance ! dit-il. Aller à Rome ! Il y a longtemps que je rêve de Rome. Je ne sais pas ce que je donnerais pour avoir ce billet.

D'un geste distrait, il avait pris le billet. Il y eut un silence. On eût dit que la rumeur du bar venait de s'enfoncer dans un trou. Larry leva les yeux.

— Dakar..., dit-il. Vous allez à Dakar ?

Sur certains visages, la stupeur fait le vide. Le visage de Larry était vide. Puis, une lueur d'intelligence affleura.

— C'était donc ça, dit-il. Les voyages, l'argent que vous aviez...

— Eh bien ? dit Mlle Antoinette.

Elle avait eu un moment de panique. La panique était passée.

— Vous avez pris ma place.

— Elle était libre.

— Vous avez ça pour moi. Pour m'éviter les ennuis.

— Mais non, dit Antoinette avec agacement.

— Pour moi ! Et vous croyez que je vais vous laisser partir ? Vous laisser vous sacrifier à ma place ?

— Je ne me sacrifie pas du tout.

— Vous vous sacrifiez. Vous avez compris que Monsieur Joseph me tenait. Il aura fait des menaces. Vous avez offert de me remplacer. Mademoiselle... Mais pourquoi ne me l'avez-vous pas dit ?

Son large visage était décomposé. Mlle Antoinette, posément, avança la main, reprit son billet.

— Vous n'y êtes pas, dit-elle. J'avais besoin de cet argent.

— Ce n'est pas vrai ! dit Larry avec violence. Si vous aviez besoin d'argent, il suffisait de me le dire. Nous aurions bien trouvé... Mademoiselle, nous sommes là maintenant, Thérèse et moi. Nous vivrons ensemble. Vous êtes comme notre maman. Vous n'avez plus à vous préoccuper de l'argent.

Les lèvres de Mlle Antoinette eurent un léger tremblement. Elle regarda Larry.

— Je dois partir.

— Vous ne partirez pas ! Je ne vous laisserai pas partir. C'est dangereux ! Mademoiselle, je vous en supplie. Tous ceux qui l'ont fait ont fini par être pris.

— J'ai promis maintenant.

— Promis ! J'avais promis moi aussi. Vous-même, vous m'avez indiqué ce qu'il fallait faire. Il suffit de rendre les diamants.

— Il est trop tard.

— Il n'est jamais trop tard. Vous pouvez encore rendre le paquet à Monsieur Joseph. Vous avez peur ? J'irai avec vous. Venez. Allons-y. Je me suis assez souvent reproché de vous avoir laissée aller à ma place. Je ne sais pas ce qui m'a pris. J'avais peur. Maintenant, j'ai compris. Venez maintenant. J'en profiterai pour lui dire deux mots, à Monsieur Joseph.

Ses yeux étincelaient. Il avait enfin perdu cette expression indécise, trop gentille qui lui était habituelle. Mlle Antoinette en eut chaud au cœur. Il lui plaisait beaucoup comme cela. Elle l'avait donc sauvé ?

— Ce sera la dernière fois, dit-elle. Mais ce voyage-ci, je dois encore le faire.

— Mais c'est malhonnête !

— Oh, dit Mlle Antoinette. Pour quelques diamants...

— C'est malhonnête ! Vous pouvez être arrêtée. Songez à notre chagrin à tous.

— C'est malhonnête ? dit Mlle Antoinette.

Elle eut un regard éperdu pour les gens qui encombraient le bar. Des hommes, des femmes, deux Noirs, une Indienne. Il lui sembla voir un abîme devant elle. Elle était comme quelqu'un qui se réveille au bord d'un précipice. Des vapeurs se dissipaient. Elle avait rêvé. Rêvé. Tout cela n'était qu'un songe. Dans un songe, on fait n'importe quoi.

— Malhonnête..., dit-elle.

On entendit une voix : « Les voyageurs pour Madrid, Dakar, Conakry... » Et la voix de Larry, très loin : « Mademoiselle... Mademoiselle... » L'avenue Niel... L'île de Gorée... La maison derrière la grille... Les forçats qui riaient en transportant des chaises.

— Malhonnête ?

— Ne partez pas.

— Oui, dit Mlle Antoinette.

Puis, comme pour elle-même :

— Heureusement que, cette fois, je l'ai mis dans mon sac.

Elle ouvrit son sac, y prit le paquet de toile bleue, hésita encore une seconde.

— Tenez, dit-elle. Vous avez raison. Allez le rendre à Monsieur Joseph.

— Allons-y ensemble, dit Larry.

— Non, dit-elle. Non.

— Je comprends, dit Larry affectueusement. J'irai tout seul.

— Dites-lui que je suis désolée.

— Je sais ce que j'ai à dire, dit Larry avec un rire dur.

Il était déjà debout.

— Mais vous, dépêchez-vous de retirer vos valises.

— Non, dit Mlle Antoinette. Je pars.

Larry en resta bouche bée.

— Vous partez ? Pour où ?

Il y eut encore la voix : « Les voyageurs pour Madrid, Dakar, Conakry... » On eût dit que cette voix passait entre Larry et Mlle Antoinette, qu'elle les séparait, qu'elle tranchait quelque chose...

— Pour Dakar, dit Mlle Antoinette.

Puis, le visage changé, les traits raides, avec rage, elle dit :

— Croyez-vous être le seul à aimer ?

Elle marcha vers le contrôle, tendit son billet, se retourna. Son paquet entre les doigts, la tête un peu en avant, le menton affaissé, Larry la regardait.

VII

Le lendemain matin, en ouvrant ses volets, Mlle Antoinette a retrouvé la mer, les pelouses, les cases grises. C'étaient déjà pour elle comme de vieilles connaissances. Elle a mis sa robe orange à dessins noirs. Elle s'est maquillée. Sans excès. A dix heures moins dix, elle est descendue. A dix heures, elle s'est dirigée vers l'ascenseur. Maurice s'y trouvait déjà. Le Noir à tunique verte a ouvert la porte. La boîte a commencé à monter. Maurice a souri, d'un sourire large, heureux.

— Vous êtes là ! Mais, dites, vous avez drôlement changé. Quelle jolie robe !

— Elle vous plaît ? a dit Mlle Antoinette.

— Je crois bien.

Machinalement, tout en la regardant, il tendait la main.

— Et quelle mine !

— Je n'ai pas le paquet, a articulé Mlle Antoinette.

— Oui, oui, dit Maurice l'esprit visiblement ailleurs.

Puis, se reprenant :

— Comment ? Vous ne l'avez pas ? C'est une blague ?

L'ascenseur arrivait, s'arrêtait. Mlle Antoinette frôla l'épaule de Maurice, appuya sur le bouton. L'ascenseur redescendit.

— Non, dit-elle. Je ne l'ai pas. Je l'ai renvoyé à Monsieur Joseph avant de partir.

— A Joseph ? dit Maurice. Mais alors pourquoi êtes-vous ici ?

Mlle Antoinette prit un air espiègle.

— J'avais mon billet.

— Vous êtes venue uniquement parce que vous aviez votre billet ?

La voix de Maurice était chargée de stupeur. L'ascenseur s'arrêtait. Mlle Antoinette appuya encore sur le bouton. Elle eut le temps d'apercevoir un visage par le judas pratiqué dans la porte. Puis, d'une voix nette :

— Vous êtes bête, dit-elle. Je suis venue pour vous.

Le reste du parcours fut tout entier consacré à un baiser. L'ascenseur montait. Ce fut Maurice cette fois, qui appuya sur le bouton. L'ascenseur redescendit.

— Mais vous renoncez aux diamants ? dit Mlle Antoinette. Pour toujours ?

— Bien sûr.

— Alors nous pouvons sortir ensemble.

Mlle Antoinette ouvrit la porte. Le Noir en tunique verte voulut dire quelque chose. Il y renonça, hocha la tête.

Le jour même, Antoinette a écrit au propriétaire de l'avenue Niel pour lui demander de laisser Larry et Thérèse dans son appartement. Le propriétaire a consenti. Cette affaire réglée, Antoinette et Maurice se sont mariés. Ils ont acheté la maison derrière la grille. Tous les matins, à neuf heures, on entend le réveil. A dix heures Maurice prend le bateau. A six heures, Antoinette va le chercher à l'embarcadère. Ou elle va faire ses courses à Dakar et ils rentrent ensemble. Parfois, en remontant, dans une des ruelles, ils rencontrent les détenus.

— Tu vois, dit Antoinette à son mari. Sans moi, tu en serais là.

— Bah ! dit Maurice. Ils n'ont pas l'air si malheureux.

Mais c'est pour la taquiner.

DU MÊME AUTEUR

Aux Éditions Gallimard

Romans

CAPRI PETITE ÎLE.
L'HOMME DU ROI.
BERGÈRE LÉGÈRE.
CHAIR ET CUIR.
CHASSENEUIL.
LES ÉLANS DU CŒUR.
CREEZY.
LE CORPS DE MON ENNEMI.
APPELEZ-MOI MADEMOISELLE.
LES PASSIONS PARTAGÉES.
UN OISEAU DANS LE CIEL.
LA TERRASSE DE LUCREZIA.

Nouvelles

LES BELLES NATURES.
LES INGÉNUS.

Mémoires

LES ANNÉES COURTES.

Théâtre

L'ŒUF.
LA BONNE SOUPE.
LES CAILLOUX.

THÉÂTRE.

I. Caterina — La Bonne Soupe — La Preuve par quatre.

II. L'Œuf — L'Étouffe-chrétien — La Mort de Néron — Madame Princesse.

UN JOUR J'AI RENCONTRÉ LA VÉRITÉ.

LE BABOUR.

L'OUVRE-BOÎTE.

L'HOMME EN QUESTION.

À NOUS DE JOUER.

Essais

CASANOVA OU L'ANTI-DON JUAN. *(Nouvelle édition en 1985.)*

BALZAC ET SON MONDE. *(Nouvelles éditions en 1971 et 1986.)*

LES PERSONNAGES DE LA COMÉDIE HUMAINE.

LE ROMAN EN LIBERTÉ.

UNE INSOLENTE LIBERTÉ, LES AVENTURES DE CASANOVA.

DISCOURS DE RÉCEPTION DE FÉLICIEN MARCEAU À L'ACADÉMIE FRANÇAISE ET RÉPONSE D'ANDRÉ ROUSSIN.

DISCOURS DE RÉCEPTION DE MICHEL DÉON À L'ACADÉMIE FRANÇAISE ET RÉPONSE DE FÉLICIEN MARCEAU.

Chez d'autres éditeurs

EN DE SECRÈTES NOCES. *(Éditions Calmann-Lévy.)*

LA CARRIOLE DU PÈRE JUNIET. *(Éditions La Différence.)*

LA TRILOGIE DE LA VILLÉGIATURE, de Carlo Goldoni. (Adaptation de Giorgio Strehler.) *(Éditions de la Comédie-Française.)*

DIANA ET LA TUDA, de Luigi Pirandello. *(Éditions Denoël.)*

LES SECRETS DE LA COMÉDIE HUMAINE. *(Éditions de l'Avant-Scène.)*

LE VOYAGE DE NOCE DE FIGARO. *(Éditions Les Belles Lettres.)*

COLLECTION FOLIO

Dernières parutions

2518.	Driss Chraïbi	*L'inspecteur Ali.*
2519.	Pietro Citati	*Histoire qui fut heureuse, puis douloureuse et funeste.*
2520.	Paule Constant	*Le Grand Ghâpal.*
2521.	Pierre Magnan	*Les secrets de Laviolette.*
2522.	Pierre Michon	*Rimbaud le fils.*
2523.	Michel Mohrt	*Un soir, à Londres.*
2524.	Francis Ryck	*Le silencieux.*
2525.	William Styron	*Face aux ténèbres.*
2526.	René Swennen	*Le roman du linceul.*
2528.	Jerome Charyn	*Un bon flic.*
2529.	Jean-Marie Laclavetine	*En douceur.*
2530.	Didier Daeninckx	*Lumière noire.*
2531.	Pierre Moinot	*La descente du fleuve.*
2532.	Vladimir Nabokov	*La transparence des choses.*
2533.	Pascal Quignard	*Tous les matins du monde.*
2534.	Alberto Savinio	*Toute la vie.*
2535.	Sempé	*Luxe, calme & volupté.*
2537.	Abraham B. Yehoshua	*L'année des cinq saisons.*
2538.	Marcel Proust	*Les Plaisirs et les Jours* suivi de *L'Indifférent* et autres textes.
2539.	Frédéric Vitoux	*Cartes postales.*
2540.	Tacite	*Annales.*
2541.	François Mauriac	*Zabé.*
2542.	Thomas Bernhard	*Un enfant.*
2543.	Lawrence Block	*Huit millions de façons de mourir.*
2544.	Jean Delay	*Avant Mémoire (tome II).*
2545.	Annie Ernaux	*Passion simple.*
2546.	Paul Fournel	*Les petites filles respirent le même air que nous.*

2547. Georges Perec	*53 jours.*
2548. Jean Renoir	*Les cahiers du capitaine Georges.*
2549. Michel Schneider	*Glenn Gould piano solo.*
2550. Michel Tournier	*Le Tabor et le Sinaï.*
2551. M. E. Saltykov-Chtchédrine	*Histoire d'une ville.*
2552. Eugène Nicole	*Les larmes de pierre.*
2553. Saint-Simon	*Mémoires II.*
2554. Christian Bohin	*La part manquante.*
2555. Boileau-Narcejac	*Les nocturnes.*
2556. Alain Bosquet	*Le métier d'otage.*
2557. Jeanne Bourin	*Les compagnons d'éternité.*
2558. Didier Daeninckx	*Zapping.*
2559. Gérard Delteil	*Le miroir de l'Inca.*
2560. Joseph Kessel	*La vallée des rubis.*
2561. Catherine Léprront	*Une rumeur.*
2562. Arto Paasilinna	*Le meunier hurlant.*
2563. Gilbert Sinoué	*La pourpre et l'olivier.*
2564. François-Marie Banier	*Le passé composé.*
2565. Gonzalo Torrente Ballester	*Le roi ébahi.*
2566. Ray Bradbury	*Le fantôme d'Hollywood.*
2567. Thierry Jonquet	*La Bête et la Belle.*
2568. Marguerite Duras	*La pluie d'été.*
2569. Roger Grenier	*Il te faudra quitter Florence.*
2570. Yukio Mishima	*Les amours interdites.*
2571. J.-B. Pontalis	*L'amour des commencements.*
2572. Pascal Guignard	*La frontière.*
2573. Antoine de Saint-Exupéry	*Écrits de guerre (1939-1944).*
2574. Avraham B. Yehoshua	*L'amant.*
2575. Denis Diderot	*Paradoxe sur le comédien.*
2576. Anonyme	*La Châtelaine de Vergy.*
2577. Honoré de Balzac	*Le Chef-d'œuvre inconnu.*
2578. José Cabanis	*Saint-Simon l'admirable.*
2579. Michel Déon	*Le prix de l'amour.*
2580. Lawrence Durrell	*Le sourire du Tao.*
2581. André Gide	*Amyntas.*
2582. Hervé Guilbert	*Mes parents.*

2583. Nat Hentoff	*Le diable et son jazz.*
2584. Pierre Mac Orlan	*Quartier Réservé.*
2585. Pierre Magnan	*La naine.*
2586. Naguib Mahfouz	*Chimères.*
2587. Vladimir Nabokov	*Ada ou l'Ardeur.*
2588. Daniel Boulanger	*Un été à la diable.*
2589. Louis Calaferte	*La mécanique des femmes.*
2590. Sylvie Germain	*La Pleurante des rues de Prague.*
2591. Julian Gloag	*N'éveillez pas le chat qui dort.*
2592. J.M.G. Le Clézio	*Étoile errante.*
2593. Louis Malle	*Au revoir, les enfants.*
2595. Jean-Bernard Pouy	*L'homme à l'oreille croquée.*
2596. Reiser	*Jeanine.*
2597. Jean Rhys	*Il ne faut pas tirer des oiseaux du repos.*
2598. Isaac Bashevis Singer	*Gimpel le naïf.*
2599. Andersen	*Contes choisis.*
2600. Jacques Almira	*Le Bar de la Mer.*
2602. Dominique Bona	*Malika.*
2603. John Dunning	*Les mécanos de la mort.*
2604. Oriana Fallaci	*Inchallah.*
2605. Sue Hubbell	*Une année à la campagne.*
2606. Sébastien Japrisot	*Le passager de la pluie.*
2607. Jack Kerouac	*Docteur Sax.*
2608. Ruth Rendell/Helen Simpson	*Heures fatales : L'arboisier/ chair et herbe.*
2609. Tristan Lhermite	*Le Page disgracié.*
2610. Alexandre Dumas	*Les Trois Mousquetaires.*
2611. John Updike	*La concubine de saint Augustin* et autres nouvelles.
2612. John Updike	*Bech est de retour.*
2613. John Updike	*Un mois de dimanches.*
2614. Emanuèle Bernheim	*Le cran d'arrêt.*
2615. Tonino Benacquista	*La commedia des ratés.*
2616. Tonino Benacquista	*Trois carrés rouges sur fond noir.*
2617. Rachid Boudjedra	*FIS de la haine.*

Composition Euronumérique
Impression Société Nouvelle Firmin-Didot
le 17 août 1994.
Dépôt légal : août 1994.
Numéro d'imprimeur : 27856.
ISBN 2-07-038940-5/Imprimé en France.

68631